L'ÉNIGME DIEULEVEULT

Collection « VOIES ET CHEMINS »

Dans la même collection :

— L'ÉNIGME DIEULEVEULT, d'Arnaud Bédat
— LA NOSTALGIE DE LA FOLIE, de Barthold Bierens de Haan
— SUR LA PISTE DES CULTURES DU MONDE, de C. Khaznadar et F. Gründ
— LA 4e CLASSE, de Rolf Kesselring
— VOYAGE DANS LE MONDE DES SOURDS, de Joëlle Lelu-Laniepce
— LE DALI D'AMANDA, d'Amanda Lear
— 250 MILLIONS DE SCOUTS, de Laszlo Nagy
— EXORCISME, UN PRÊTRE PARLE, de l'abbé Georges Schindelholz
— LA BANDE À JÉSUS, de Marcel Haedrich
— LA MARCHÉ AUX ENFANTS, d'Edmond Kaiser
— LA MÉMOIRE DU CHÊNE, du Dr Oscar Forel
— CES BÊTES QU'ON TORTURE INUTILEMENT, de Hans Ruesch
— LES SECRETS D'ANDRÉ BESSON GUÉRISSEUR, d'André Besson
— TERRE ET VIOLENCE OU L'ITINÉRAIRE DE MAURICE ZERMATTEN, de Micha Grin
— LES ROUTIERS DU CIEL, de Jean-Claude Rudaz
— A LA CONQUÊTE DE LA CHANCE, de Cyril Chessex

Si vous désirez être tenu au courant des publications de l'éditeur de cet ouvrage, il vous suffit de nous envoyer vos noms et adresse.

Siège social :
29, rue de Bourg, CH-1002 Lausanne, Suisse
Tél. : 021/22.17.17 (Tél. de Paris : 19.41.21/22.17.17)

Paris :
2, rue du Sabot, F-75006 Paris. Tél. : 45-48-68-85

Dépôt légal en Suisse en avril 1986

ISBN 2-8289-0231-5

Photo de la couverture : Agence Interpress, Paris

Arnaud Bédat

L'ÉNIGME DIEULEVEULT

PIERRE-MARCEL
FAVRE

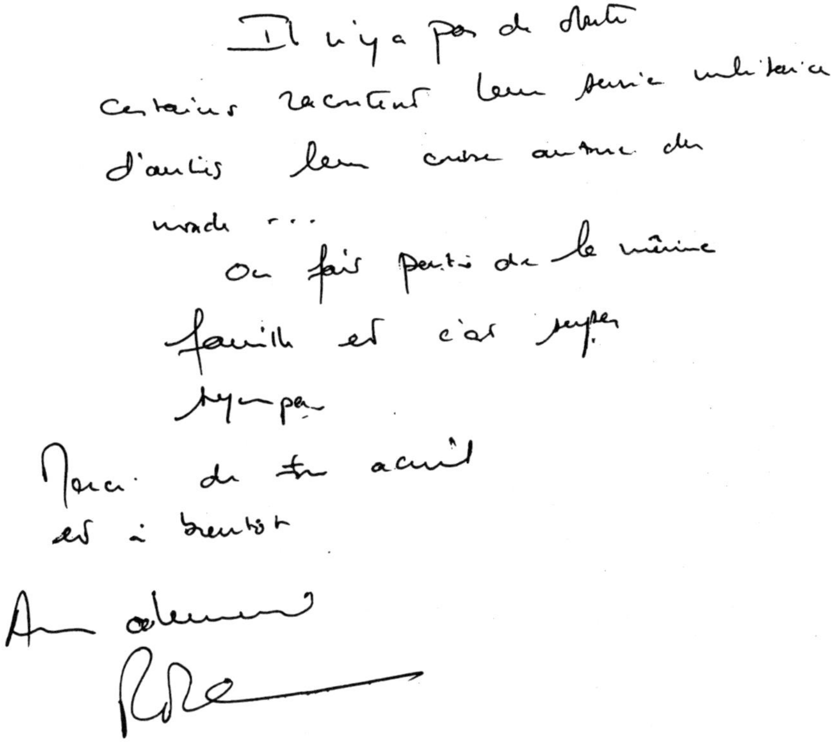

« 27.11.84. Il n'y a pas de doute, certains racontent leur service militaire, d'autres leur course autour du monde...
On fait partie de la même famille et c'est super sympa.
Merci de ton accueil et à bientôt
Amicalement

Philippe de Dieuleveult.

Billet autographe de Philippe de Dieuleveult à l'auteur.

Je voulais témoigner sur la folie du monde. J'étais servi...

Philippe de Dieuleveult

« J'ai du ciel bleu dans mon passeport »

Disparition d'Africa Raft, le 6 août 1985, à Inga (Zaïre)

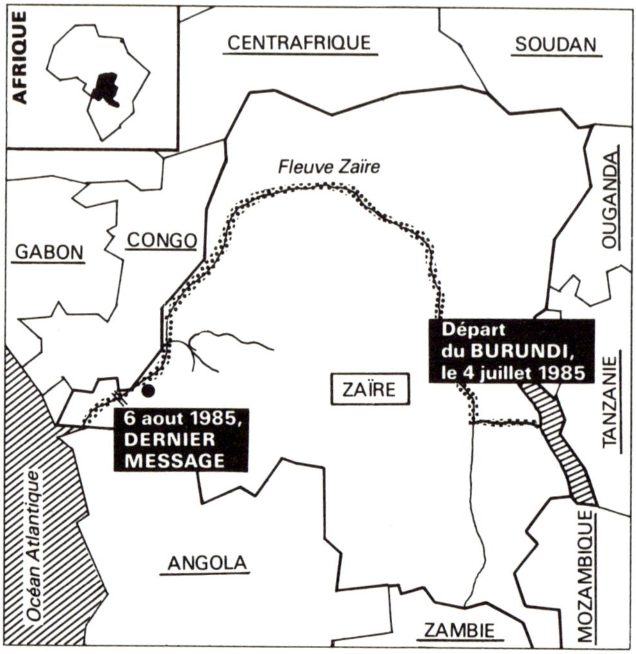

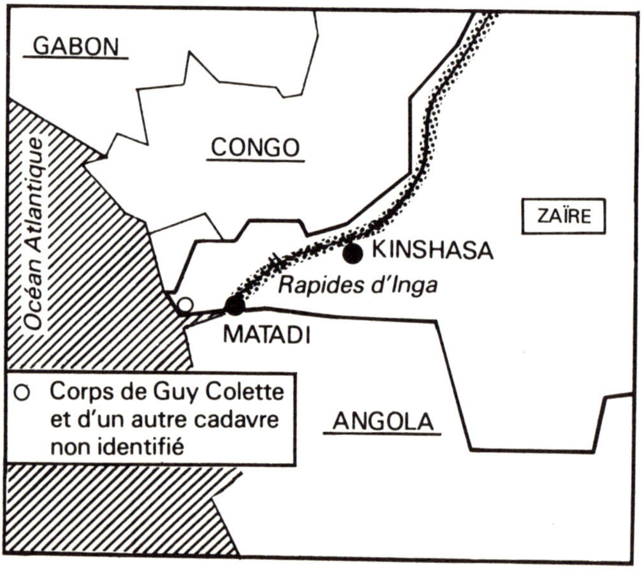

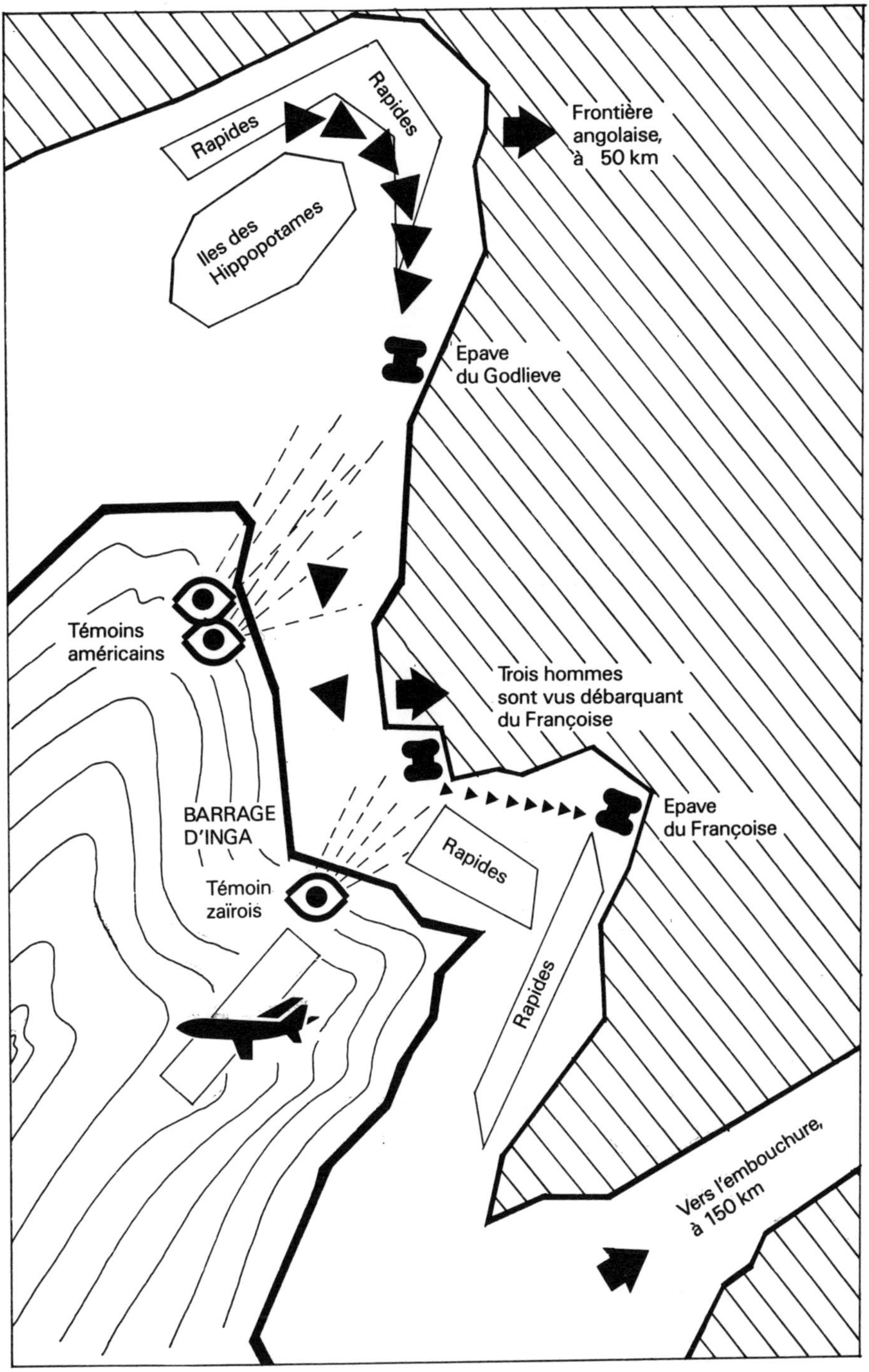
Rapides
Rapides
Frontière angolaise, à 50 km
Iles des Hippopotames
Epave du Godlieve
Témoins américains
Trois hommes sont vus débarquant du Françoise
BARRAGE D'INGA
Epave du Françoise
Rapides
Témoin zaïrois
Rapides
Vers l'embouchure, à 150 km

EXPÉDITION « AFRICA RAFT »

Expédition française organisée par André Hérault, patronnée par *Paris Match*. Partie de Bujumbura (Burundi) le 4 juillet 1985. Portée disparue le 6 août 1985 aux rapides d'Inga (Zaïre).

Le but de l'expédition était de traverser l'Afrique d'est en ouest par les voies fluviales, de l'océan Indien à l'océan Atlantique.

Sont portés disparus :

André Hérault
Richard Jeannelle
Guy Colette
Nelson Bastos
Angelo Angelini
Lucien Blockmans
Philippe de Dieuleveult

Ont également participé en partie à l'expédition : Jean-Louis Amblard, François Laurenceau, Gérard d'Aboville, Marc Gurnaud et d'autres...

AVANT-PROPOS

La légende le sait. Il est des personnages auxquels il vaut mieux ne pas toucher. Si le fleuve Zaïre n'avait pas fait disparaître Philippe de Dieuleveult, jamais l'opinion publique n'aurait accordé autant d'importance à l'expédition *Africa Raft*. La célébrité du héros de « La Chasse aux Trésors » a forgé le retentissement de la disparition de deux rafts couleur kaki. Sans Philippe de Dieuleveult, passager volontaire, *Africa Raft* serait certainement déjà oublié. Il est même probable que le sort des autres compagnons d'équipée se serait fondu dans les tourbillons du fleuve pour ne plus jamais en resurgir. Malgré l'énigme qui plane...

C'est le mardi 6 août 1985, vers 8 h 15, heure locale, que les deux radeaux de l'expédition fluviale disparaissent le long du fleuve Zaïre, à la hauteur des célèbres rapides d'Inga, non loin du barrage du même nom.

A leur bord, sept hommes. Sept audacieux aventuriers qui avaient choisi le nom de leur expédition parce qu'il signifiait « radeau africain », sorte d'hommage aux explorateurs de tous les temps. L'aventure humaine n'est pas révolue. Il est encore une race d'hommes prête à relever les défis, à se surpasser elle-même, à vaincre les éléments à force de détermination et de courage.

Depuis la date de leur disparition, toute une série d'articles de presse, de numéros spéciaux de revues, de couvertures de magazines, d'émissions radiophoniques et télévisées ont foisonné un peu partout. Dans le même temps, beaucoup de témoignages et de nouvelles déclarations ont fait surface. Pas mal de langues se sont déliées. Les survivants et les familles des disparus ont également parlé.

Et pourtant, on ne peut se résoudre à employer l'imparfait en parlant de Philippe de Dieuleveult et de ses compagnons.

Finalement, ils ont *seulement* disparu. Tant qu'aucun corps n'aura été retrouvé et *formellement* identifié, on peut conserver un certain espoir.

Présentateur-vedette de « La Chasse aux Trésors », ancien lauréat de « La Course autour du monde », Philippe de Dieuleveult est toujours surnommé affectueusement « l'homme aux semelles de vent » par ses admirateurs. Un aventurier qui, tel Samuel Ullman dont il aimait à citer le très beau poème, est d'abord celui qui « défie les événements et trouve de la joie au jeu de la vie ».

Les journalistes ont épuisé les superlatifs en parlant du héros d'Antenne 2. Certains ont même été jusqu'à le surnommer « Tintin », du nom du reporter créé par Hergé. « Je me sens gêné d'être comparé à un héros, même imaginaire, car je n'en suis pas un », disait volontiers Philippe de Dieuleveult.

Et pourtant, héros ou pas, c'est presque entendu aujourd'hui : Philippe de Dieuleveult et ses compagnons ne sont pas morts noyés. Mais l'affaire n'en demeure pas moins obscure, très obscure. Et c'est pourquoi il est plus exact de parler maintenant, me semble-t-il, de *l'énigme* Dieuleveult.

Le livre que voici a pour objet d'établir qu'il y a bel et bien énigme. Cerner la zone d'ombre, prouver qu'elle existe n'est pas — déjà — du temps perdu. Essayer d'y voir clair, plus clair, et d'apporter dans la mesure du possible des éléments nouveaux, c'est beaucoup mieux. Même si les moyens manquent encore pour faire, aujourd'hui, toute la lumière.

Avons-nous le droit de soulever le drap d'un mystère ? Notre passage en ce monde laisse des traces si légères qu'il est peut-être imprudent de chercher à les déceler. Au moment de coucher les premières lignes de ce livre, j'éprouve comme un sentiment d'inquiétude et, peut-être, de culpabilité. Autant l'avouer, j'ai longtemps hésité avant de me lancer dans cette entreprise. Mais est-ce là vraiment une raison valable pour ne pas en parler, ne *plus* en parler, à l'heure où les médias oublient déjà Inga et ses rapides ? Et à un moment où Philippe et ses compagnons sombrent dans l'indifférence générale ? C'est ce silence qui m'a finalement décidé à prendre la plume. Plus on écrira, plus on parlera, plus on se formalisera d'un mutisme quasi général aujourd'hui, plus les chances de connaître la vérité sur la fin d'*Africa Raft*, même nue et cruelle, seront élevées.

Au nom de la vérité et de l'aventure, voici ce livre. Des lignes seulement, mais elles témoignent de l'espoir de revoir bientôt Philippe ou au moins de comprendre.

Il est légitime de s'accrocher aux parcelles d'espoir, même infimes. J'aurais aimé que Philippe soit à mes côtés pour écrire les pages qui vont suivre. J'espère être simplement fidèle à son image, et ne pas trahir un ami.

A.B.

AVERTISSEMENT

J'ai laissé parler le plus souvent possible mon sujet lui-même, n'intervenant que pour disposer les documents dans le temps, pour rétablir quelques significations masquées, pour situer hommes et événements, parfois pour juger ou combler une lacune, bref, pour mettre en forme « une série d'images qui, juxtaposées, donneront peut-être une approximation de la réalité ». (1)

(1) J. Lucas-Dubreton, Aspects de M. Thiers, cité par Roger Greaves, *Nadar ou le paradoxe vital*, Flammarion, avant-propos.

I

« UNE BELLE AVENTURE... »

« Le temps de la découverte et de l'aventure physique est terminé. Je crois que l'aventure, maintenant, est dans la modification du style de vie. »

Jacques Brel (à un journaliste)

Le mardi 6 août 1985, à Paris, à 19 h 45, Bernard Claveau regarde sa montre et s'installe devant son poste émetteur-récepteur. Comme tous les soirs à la même heure depuis deux mois.

Ce soir-là, c'est le silence sur la ligne. Quelque part le long du fleuve Zaïre, *Africa Raft* ne répond plus.

Partie le 4 juillet de Bujumbura, la capitale du Burundi, tout au nord du lac Tanganyika, l'expédition traverse le continent africain d'est en ouest par les voies fluviales, tentant de relier l'océan Indien à l'océan Atlantique.

Ce mardi 6 août, elle devrait être à Inga. Elle aurait dû triompher des fameux rapides et approcher doucement de Matadi, vers l'embouchure du fleuve.

Silence des ondes. Bernard Claveau transpire, s'acharne : « J'appelle Africa Raft... répondez ». De minute en minute, l'inquiétude grandit. La veille pourtant, la communication avec l'Afrique avait été bonne et les aventuriers avaient même annoncé fièrement à Paris : « On a passé des rapides spectaculaires. Les embarcations tiennent le coup de façon super. Demain on va faire une reconnaissance aérienne et évaluer les difficultés. A demain ! Embrasse tout le monde » (1).

Mais ce soir, seul le silence répond aux appels. Un silence pesant. La mère Afrique, terre de magies et de superstitions, aurait-elle jeté un sort aux sept audacieux aventuriers ? Par Stanley et Livingstone, on ne disparaît tout de même pas comme ça, corps et âme !

La radio ne crache plus un son. On apprendra quelques heures plus tard que l'expédition *Africa Raft* est portée disparue. Et, avec elle, sept hommes. L'inquiétude ronge alors les familles et les amis partagés entre le doute et l'espoir.

Qui sont-ils, ces sept hommes ? Il y a tout d'abord le chef de l'expédition, André Hérault, un solide gaillard de 58 ans, ancien pilote d'hélicoptère. Il connaît bien le Zaïre pour y avoir vécu de longues années. C'est l'homme qui depuis une année et demie rêve à ce grand raid à travers les steppes africaines. Il possède l'expérience de deux rallyes Paris-Dakar en avion d'assistance. C'est lui qui a été chargé de recruter les membres de l'expédition.

Parmi eux, Richard Jeannelle, un photographe au rire tonitruant qui adore la bonne cuisine et qui a rejoint l'expédition pour le compte de l'hebdomadaire *Paris-Match*. Un grand professionnel qui sort de l'Ecole de photographie de Vevey, en Suisse, et qui a déjà à son actif de nombreux reportages un peu partout sur la planète. « Il avait besoin d'aller au casse-pipe, raconte aujourd'hui son ami Jean Durieux, car il n'avait jamais vécu d'aventure. Il y avait un manque, comme un déséquilibre, et il avait besoin de ça, d'aller jusqu'au bout... »

(1) Propos cités par *VSD*, no 415, 15-21 août 1985, p. 9.

Il y a aussi Guy Colette, un Belge, entrepreneur au Burundi. Enfin, Nelson Bastos, un Portugais installé à Kinshasa.

Ces quatre hommes, André Hérault, Richard Jeannelle, Guy Colette et Nelson Bastos sont à bord du « Godlieve », ce fameux mardi 6 août.

Sur l'autre raft, appelé joliment « Françoise », il y a trois autres hommes encore : Angelo Angelini, un technicien d'IBM, Lucien Blockmans, jeune cadre à la SFP (Société française de production) et Philippe de Dieuleveult, le fameux chasseur de trésors, mais aussi un journaliste et reporter reconnu.

Si la presse accorde autant d'attention à la disparition d'*Africa Raft*, c'est d'abord parce que Philippe de Dieuleveult participe à l'expédition. Vieille dame ingrate, l'aventure vécue par des gens célèbres devient un véritable phénomène de société. Souvenons-nous d'Alain Colas, le navigateur solitaire, d'Arnaud de Rosnay, et bien avant eux, de Stanley et de Livingstone.

C'est ainsi qu'en 1873, au cours d'un reportage sur la campagne ashanti, Stanley apprit la mort de Livingstone, son père spirituel retrouvé dans les profondeurs africaines : « Mister Livingstone, I presume ! ». Le mot est désormais célèbre.

Chose curieuse, plus de cent ans séparent les exploits de Stanley et de Dieuleveult. Pourtant, ils se ressemblent, bien malgré eux. C'est 108 ans avant, jour pour jour, la disparition d'*Africa Raft* que Stanley, en détresse au Zaïre, alors appelé Congo, rédigeait son fameux message adressé à « n'importe quel gentleman d'Emboma (aujourd'hui Boma) parlant anglais... »

Le texte était ainsi libellé : « Je suis arrivé ici de Zanzibar avec 115 personnes, hommes, femmes et enfants. Nous nous trouvons dans un état voisin de la famine. Il nous est impossible d'acheter quoi que ce soit aux indigènes car ceux-ci ne font aucun cas des étoffes, perles et fils de cuivre que nous possédons. Il n'y a pas de provisions achetables dans le pays, sauf les jours de marché ; les affamés ne sauraient attendre. Je me permets donc de vous envoyer par trois gens originaires de Zanzibar, accompagnés d'un boy nommé Robert Feruze et appartenant à la mission anglaise de Zanzibar, cette lettre pour vous supplier de me venir en aide. Je ne vous connais pas, mais j'apprends qu'il y a, à Emboma, un Anglais, et puisque vous êtes un chrétien et un gentleman, je vous prie de ne pas rejeter ma prière. H.M. Stanley. » En post-scriptum : « Vous ne connaissez peut-être pas mon nom. Je suis l'homme qui, en 1871, a retrouvé Livingstone. »

Le lendemain, cinq Européens et des porteurs vinrent porter secours aux infortunés et le 9 août, Stanley fit une entrée remarquée à Boma, après 281 jours de marche ou de navigation à travers l'Afrique centrale. L'exploit de Stanley constitue aujourd'hui encore l'une des pages les plus extraordinaires de l'exploration moderne. Malgré une ombre au tableau : sur 288 partants, on dénombra 173 morts ! Ce qui révèle la fatigue et les dangers encourus par Stanley et ses compagnons.

Cent huit ans plus tard, il n'y a que sept hommes devant les rapides d'Inga, non loin de Boma où Stanley était accueilli en triomphe, pour tenter l'exploit. L'aventure moderne, dotée de moyens et de techniques nouvelles, réduit considérablement le nombre d'hommes. Mais les risques, eux, n'ont pas d'âge...

*
**

— Si je te disais que pendant vingt ans, tu ne vas plus voyager. Où aimerais-tu finir tes jours ?

— En Afrique.

— Dans le désert ?

— Non, pas forcément. Dans la savane, ou alors peut-être dans un pays comme le Tchad. Je parle du point de vue de son relief et de son climat.

Ainsi parlait Philippe, un jour. (1)

C'est peut-être parce qu'il est — était ? — comme tout le monde que le public a commencé à l'adorer, sautant de son hélicoptère, vêtu de sa fameuse combinaison rouge, les oreilles couvertes de gros écouteurs, surgissant un dimanche à Cuzco, au Pérou, l'autre à Sydney en Australie. Philippe de Dieuleveult, mélangeant décontraction et impétuosité, est devenu le copain de millions de télespectacteurs grâce à une émission de télévision mélangeant habilement le jeu, l'aventure, l'exotisme et l'exploit : « La Chasse aux Trésors ».

Cent huit chasses, 400 trésors, un bail !

« Philippe de Dieuleveult, écrivait justement Bruno Frappat, chroniqueur au *Monde*, est de cette race d'hommes que l'anxiété ne ronge pas, que le souci du lendemain n'obsède pas, que les effrois métaphysiques n'atteignent pas. Beaucoup d'enfants sont ainsi, capables de dévorer l'instant sans jamais être rassasiés, capables de découvrir et d'animer le mouvement perpétuel. On dit d'eux qu'ils ne tiennent pas en place. Cet enfant-là était resté enfant, et, à trente-quatre

(1) Entretien avec l'auteur. Novembre 1984.

ans, il allait encore dans la vie comme un héros de bande dessinée, infatigable, enthousiaste, jamais lassé, jamais posé. Un agité professionnel. L'homme de passage... » (1)

Un homme de passage, oui. Partout, au gré de plus de 95 pays parcourus, visités ou effleurés seulement de quelques heures par un homme aux semelles de vent pour qui le voyage est comme une drogue et qui le répète, « si je ne bouge pas, je crève... ». Une fuite ? Peut-être. Mais avant tout un besoin, un état d'esprit. N'a-t-il pas écrit, à 14 ans, sur son carnet de route cette citation du cardinal Mercier, « Vivre c'est agir ; agir, c'est vibrer et faire vibrer les autres, c'est vaincre ! »

Philippe la fusée dont l'espace est une aventure clamait : « Je suis né un jour sur une planète. Je la quitterai un autre jour. Entre ces deux jours, il me faut remplir le vide. » Le vide ? Comment remplit-on ce vide ? Comment devient-on aventurier ? Il n'y a pas d'école, ni de filière de formation. On naît aventurier. C'est un état, on y entre comme en religion. C'est un choix absolu.

Pour Philippe de Dieuleveult, l'existence commence le 4 juillet 1951, à 10 heures du matin, à Versailles. Une naissance d'envergure. Comme toujours, on ne s'en est aperçu que beaucoup plus tard. Ce petit Français au visage tout rond arrive sur terre avec des rêves de voyages plein la tête. Dernier rejeton d'une famille de sept enfants — de sept garçons ! — Philippe est élevé dans un profond respect de la religion catholique. Il est même enfant de chœur, à Versailles. Scout aussi, forcément.

Originaire de Saint-Malo, ce Breton très attaché à ses racines a toujours aimé rappeler qu'une de ses aïeules,

(1) *Le Monde*, 15-16 septembre 1985.

Marianne, chassait déjà l'aventure au temps des pirates et que, dans les années 1680, elle fut la mascotte des flibustiers des Antilles. En 1967, elle aurait même provoqué en duel le pirate Laurent de Graff qui avait pillé et brûlé Vera Cruz.

A 15 ans — est-ce déjà une légende ? — Philippe dessine une carte du monde en se disant : « Je la remplirai. » Chaque pays parcouru, il le recouvre aussitôt à la gouache blanche. Il ne reste aujourd'hui que le bleu des océans et quelques petits espaces, dont un plus gros, un regret : la Chine.

Cette passion du défi et du lointain, comment est-elle née ? Il s'en est fort joliment expliqué. L'histoire remonte au mois de juillet 1956. Le jeune Philippe passait alors ses vacances en Bretagne, en famille, et jouait dans le bac à sable avec quelques cousins et l'un de ses frères, lorsque Mme de Dieuleveult invita les enfants à visiter le port de Brest. Tous se levèrent, laissant Philippe à sa passion, lui qui n'avait d'attention que pour ses Indiens et l'attaque de la diligence ennemie. Au dernier appel, Philippe, fou de rage, fit voler le sable à coups de pieds furieux pour se sauver aussitôt dans le fond du jardin. « Tant pis pour lui, répliqua sa mère, qu'il reste tout seul à la maison. » L'après-midi fut long. Seul, tout seul. Au diable les caravanes, la diligence !

Le soir, au repas, la famille rassemblée, tous évoquèrent les ravissements et les émerveillements de la belle balade au port de Brest. Touché dans son amour-propre, Philippe écrira plus tard : « Ce soir-là, je me suis promis de dire désormais oui à tous les départs. (...) Je me suis promis que jamais, jamais plus, je ne laisserais passer l'occasion d'abandonner quelque chose de familier pour découvrir quelque chose de nouveau. »

Philippe, l'enfant turbulent, avait une conception particulière de la discipline. Fugueur devant les interdictions de sortie, le soir, il escaladait les fenêtres pour s'évader vers le cinéma le plus proche.

« Souviens-toi que tu t'appelles Dieuleveult », lui disait volontiers sa mère. *Diex le Volt* (Dieu le veut) en vieux français, était, dit-on, un cri de guerre poussé par ses lointains ancêtres quand ils chargeaient au combat.

Adolescent, Philippe sacrifie ses loisirs pendant trois ans au profit d'un rêve fou : traverser le Sahara. L'utopie deviendra réalité à force de persévérance et de courage. A lui les dunes de sable et les fantômes de Lawrence d'Arabie sous le soleil de plomb.

Avec son « huitième frère », François Laurenceau, pote de toujours et futur rescapé de l'expédition *Africa Raft*, Philippe se lance sur les pistes africaines à bord d'une... 4 L Renault ! Les deux gaillards ont tout juste 20 ans. Premier rendez-vous avec l'aventure, le 10 juillet 1971, destination Tétouan, au Maroc. Sur la route, un chameau : « Notre premier chameau ! Comme je sortais l'appareil photographique pour immortaliser l'événement, un Marocain dévala les rochers en hurlant : « Quatre dirhams la balade, un dirham la photo... » Quelle déception ! Nous faire ça à nous ! Les aventuriers... »

Deux ans plus tard, en 1973, on remet ça ! Finis les raids en automobile, François Laurenceau et Philippe de Dieuleveult, accompagnés d'un troisième compère, Benoît Claire, un passionné de parachutisme, traverseront cette fois-ci le désert à dos de chameau. Le voyage prend fin en septembre de la même année. Pour qu'aussitôt, à la mi-octobre, on embarque pour une troisième expédition au Sahara !

L'équipe l'accomplit à bord du SEM, le Sahara Exploration Module, un digne rival et un amusant clin d'œil au LEM lunaire de la NASA.

Deux amis se joignent aux trois aventuriers : Alain Laurenceau, le frère de François, et une amie d'enfance de Philippe, Diane, qui deviendra sa femme.

L'expédition s'enfonce dans le fameux désert du Ténéré à bord de leur curieux véhicule, une Ami 6 Citroën améliorée. Premiers pas dans le reportage, Philippe de Dieuleveult part avec une... caméra super-8, histoire de fixer à jamais les instants immortels d'une belle aventure qui passe par le Tchad et le Cameroun. La voiture ne supporte pas longtemps les difficultés du terrain et, à partir du lac Tchad, elle rend l'âme et fait néanmoins le bonheur, en pièces détachées, des Camerounais agglutinés au bord de la piste au moment où elle déclare forfait.

Philippe est un homme très attaché aux traditions et aux valeurs morales, tels l'effort, la loyauté, la courtoisie, le respect de soi et des autres. Il rêve d'évasion, encore et toujours ! Son service militaire chez les paras lui apprend à lutter aussi contre lui-même, à faire face au trac et à l'épuisement.

Avec la Guilde européenne du raid, Philippe s'embarque dans une nouvelle aventure : traverser l'Amérique du Sud en moto, du Venezuela au Brésil en passant par la côte ouest du continent. Nous sommes en 1976, et Philippe assiste le cameraman de l'équipe. La passion du reportage commence à prendre le dessus...

Rentré à Paris, Philippe trouve dans sa boîte aux lettres un dossier d'inscription pour « La Course autour du monde », la célèbre émission télévisée. Trop tard, le délai est dépassé d'une semaine. Notre homme se morfond. Quoi, attendre une année encore ! Et entendre chaque semaine sur son petit écran que tel candidat est à Bali et que tel autre est en Australie, c'est trop dur !

Devant la perspective d'une telle situation de surplace, Philippe déserte une fois de plus son pays. C'est le meilleur remède : le mal du voyage par le voyage. Direction : le Liban, ravagé par la guerre civile, avec un ami et Diane, sa future épouse. Ils traverseront en camion le nord de l'Italie, la Yougoslavie, la Grèce, la Turquie et la Syrie pour rejoindre enfin Beyrouth, destination finale. Leur goût du voyage se fondait avec celui d'une cause humanitaire. Leur véhicule était rempli de médicaments livrés à l'intention des victimes de cette interminable guerre.

En mai 1977, Philippe épouse Diane et pose enfin sa candidature pour « La Course autour du monde ». Les motivations jaillissent sous sa plume :

« Pour moi, la vie, c'est l'action. Je crois en mon caractère : celui d'un garçon qui veut vibrer et faire vibrer les autres ».

Philippe l'a admis souvent : « La Course autour du monde » est l'une des plus belles aventures qu'il lui fut donné de vivre. Sur les cent douze nuits d'exil, il en passe plus de quatre-vingts chez l'habitant.

L'émission, pour ceux qui l'ignoreraient, consistait à permettre à un jeune journaliste-cameraman amateur de réaliser, par le biais de la télévision, un tour du monde caméra au poing. Chaque semaine, les films étaient notés par un jury de professionnels sur le plateau d'Antenne 2, à Paris. (1)

(1) L'émission connut deux versions exclusivement françaises pour devenir francophone dès 1978. L'émission était une idée de Jacques Antoine. En tout et pour tout, elle connaîtra huit éditions et s'interrompra en 1984, faisant place au « Grand Raid Le Cap-Terre de Feu ».

Philippe de Dieuleveult est en orbite autour de la terre. Il ne s'arrêtera plus. La passion prend les devants. Ruses et jeux de piste autour de la planète. « Au Canada, au Chili, en Indonésie, a-t-il expliqué, à peine sorti de l'aéroport, j'appliquais la même tactique. Tirant ma cantine à roulettes derrière moi, je flânais, je souriais à chaque fois qu'un regard accrochait le mien. Malgré mon espagnol et mon anglais rudimentaires, j'engageais la conservation. A la moindre étincelle de sympathie, je plaçais mon histoire. Et bien souvent ce passant anonyme me procurait un logis. (...) Et une fois adopté par l'habitant, chacun s'évertuait à me faire rencontrer le géographe, le journaliste, l'historien, le prêtre ou le général qui savait tout ou pouvait tout... »

C'est ainsi que Philippe de Dieuleveult décroche à Santiago du Chili une interview du général Augusto Pinochet, l'homme qui fait trembler le Chili. Malgré la performance, les jurés resteront sceptiques. On va même jusqu'à s'interroger dans le courrier des télespectateurs : « Ce jeune homme ne serait-il pas dangereux ? ».

En Bolivie, Philippe filme les mineurs qui creusent la montagne à 4 600 mètres d'altitude et qui, pour ne pas flancher, mâchent des feuilles de coca hallucinogènes à longueur de journée ; à Singapour, les pénitents de la fête du Thaïpusan ; au Canada, un trappeur qui aurait fait rêver Jack London.

Philippe est saoul d'images, enivré d'odeurs, de rythmes, de visages. Le voyage ne justifie plus ses rêves. Il en redemande, euphorique : « Après ces quatres mois passés à parcourir la Terre, j'en conservais une véritable ivresse. Je rêvais de recommencer. Et pour cela, je n'avais qu'une idée fixe : devenir un vrai professionnel. La vie d'aventures n'était pas une fin en soi, mais elle donnait un privilège fabuleux : celui de découvrir le monde et les gens. »

Au retour de « La Course autour du monde », Philippe se retrouve seul avec ses rêves. Il lance à Diane, sa jeune femme : « Donne-moi deux ans, je réussirai... » Deux ans d'errances, de couloirs et de plateaux à Antenne 2. Philippe de Dieuleveult est devenu *pigiste* comme on dit dans le métier. Dure, dure rançon d'un tour du monde. On l'envoie user ses semelles dans les couloirs de la télévision française. Parfois, on le choisit pour se rendre « à l'extérieur » filmer la foire aux bestiaux dans le Sud-Est ou le dernier spectacle de Line Renaud. Un jour, on le désigne pour aller filmer à Neauphle-le-Château, en banlieue parisienne, un certain... Khomeiny qui s'apprête à regagner l'Iran.

« A 27 ans, j'étais prêt à en baver, mais personne ne voulait de moi. Je gagnais 3 000 balles par mois pour arpenter les couloirs, c'est tout », dira-t-il plus tard.

Mais le vent allait tourner...

Un lundi du mois d'octobre 1980, le téléphone sonne. Une société de production, Télé-Union (1) lui propose de résoudre des énigmes historiques au bout du monde en... hélicoptère ! Philippe accepte. C'est la naissance de « La Chasse aux Trésors ».

Et Jacques Antoine de se souvenir : « Vous savez, lorsqu'on a cherché une personne susceptible d'animer « La Chasse » sur le terrain, on en a essayé plusieurs, mais aucune ne convenait vraiment. Il fallait quelqu'un de débrouillard, de sympathique et surtout qui ne « discute pas ». Quelqu'un qui

(1) Maison de productions télévisées à Paris (La Course autour du monde, Les Jeux de 20 h., Tournez manège, La tête et les jambes, etc.) dirigée par Jacques Antoine.

ne cherchait pas à être plus intelligent que les candidats, mais qui devait « exécuter » leurs ordres le mieux possible. Nous avions fait un « pilote » (un essai) de l'émission avec un autre garçon. Il n'était pas mal mais ne faisait pas l'affaire. Nous ne trouvions personne. Et puis, un beau jour, en parlant avec Roger Bourgeon (1), je lui ai demandé s'il ne voyait personne parmi les anciens candidats de la « Course autour du monde ». Il fallait un baroudeur, et il m'a alors répondu : « Il y a peut-être Philippe de Dieuleveult... » On a fait alors un essai avec Philippe sur les Champs-Elysées. Nous étions à une fenêtre de nos bureaux et observions Philippe évoluer sur l'avenue, un walkie-talkie à la main. On lui disait : « Va voir telle personne, demande-lui ceci, etc. ». Et nous avons alors vu que par la façon dont il réagissait, il paraissait adéquat. On l'a pris... (2)

L'un des impératifs de « La Chasse aux Trésors » était de partir loin. Très loin. De révéler des décors de rêve à des gens qui n'auraient sans doute jamais l'occasion de les découvrir véritablement. Philippe de Dieuleveult devenait « l'intermédiaire » entre le rêve et la réalité, entre l'exotisme lointain et le quotidien parfois cruel du télespectateur. Du Grand Canyon aux chutes de Zambèze, des cirques de la Réunion aux ruines de Pompéi, des eaux claires de la Nouvelle-Calédonie aux gratte-ciel new-yorkais, des fjords norvégiens aux hauteurs du Machu Pichu, toutes les merveilles du monde, « La Chasse aux Trésors » les fera découvrir, de la statue de la Liberté à l'Opéra de Sydney, des temples coréens aux tombeaux égyptiens.

(1) Directeur de « La Course autour du monde ».
(2) Entretien avec l'auteur

Les producteurs rivalisent d'audace lorsqu'ils envoient Philippe là où peu de gens sont allés : à Cuba, notamment.

La première émission est enregistrée au Groenland. Les producteurs ne se rendent compte que bien plus tard des performances physiques de Philippe de Dieuleveult, à l'occasion d'une « Chasse » au large de La Rochelle. Philippe doit plonger dans l'eau glacée de l'Atlantique, l'hélicoptère ne pouvant se poser en raison des rafales de vent. Ce n'est qu'au prix d'un grand sursaut de volonté — son gilet de sauvetage trop serré l'empêchant de respirer et de nager — qu'il peut rejoindre le fort Bayard à la nage.

Il n'en faut pas moins pour que les producteurs poussent Philippe à récidiver dans d'autres improvisations. Calculées celles-ci.

C'est l'image qu'en garderont les téléspectateurs, une image ineffaçable qui n'est pas prête de s'estomper : Philippe le risque-tout, le casse-cou. Le baroudeur de la télévision française, comme on l'a surnommé, accumule les exploits. Il court sur un train en marche au milieu d'un viaduc, il plonge par trente mètres de fond au large de Cuba. Il se lance en chute libre au-dessus de Saint-Malo. Ces risques, Philippe les minimise : « Ce sont des risques calculés... » Un jour pourtant, Philippe refuse de toucher la queue d'un requin, en Colombie, au large de Carthagène, car l'eau est beaucoup trop trouble pour distinguer nettement l'animal.

« Clown, acrobate, gladiateur ? Non, pas du tout », répond un jour Philippe en rigolant lorsqu'on lui demande s'il suivait ou avait suivi une formation régulière pour se tirer d'affaire, avec une telle aisance, devant les caméras. Dans son autobiographie, il conviendra pourtant que tous les dangers auxquels l'a confronté la « Chasse aux Trésors », il les acceptait librement. « Car, a-t-il écrit, je me sentais capable de les surmonter grâce à ma formation sportive. La boxe exceptée, j'ai pratiqué tous les sports, de la spéléologie au parachutisme en passant par le canoë et l'alpinisme. Mais je ne me suis jamais jeté à l'aveuglette... »

« La Chasse aux Trésors » apporte la gloire à Philippe. Première consécration : la couverture de *Télé-7 jours*. Honneur que beaucoup de nouvelles têtes de l'horizon télévisuelle cherchent à obtenir. Le succès court après Philippe sans qu'il l'ait vraiment cherché. Il est reconnu dans la rue, on lui demande des autographes, les journalistes lui courent après. L'homme aux semelles de vent accorde des interviews à n'en plus finir lorsqu'il est à Paris.

Autre honneur, imprévisible celui-là : Philippe Bouvard l'invite à participer aux « Grosses têtes » sur les ondes de RTL. Dieuleveult est inquiet et ne le cache pas. Affronter Bouvard, voilà un rôle qu'il ne pensait nullement interpréter un jour. Pourtant, il accepte.

« C'est quelqu'un de très gentil, nous dira plus tard Philippe Bouvard, mais il n'a pas pu. Ça va tellement vite qu'il n'a pas réussi. Il était comme un type qui court derrière l'autobus et qui n'arrive pas à se hisser sur la plate-forme. Il devait être terrorisé. Pas par moi, mais par la rapidité de cette émission qui se déroule à une vitesse folle. D'autant plus que le jour de l'enregistrement, il est tombé avec des initiés, des gens qui sont très familiers de ce sport... » (1)

Philippe retient la leçon. Il ne retournera pas aux

(1) Entretien avec l'auteur. Genève. 22 décembre 1984. Philippe Bouvard nous avait accordé cet entretien à l'occasion de la « Nuit étoilée » présentée par Frédéric Dard.

« Grosses têtes ». Finalement, son rôle n'est pas de faire rire les Français, mais de les divertir. A chacun sa façon.

Le 17 octobre, c'est la sortie à Paris de « J'ai du ciel bleu dans mon passeport » aux éditions Grasset. Un livre signé... Philippe de Dieuleveult ! Oui, le héros de « La Chasse aux Trésors » consent enfin à raconter sa vie et ses exploits. Tiré initialement à 50 000 exemplaires, l'ouvrage s'épuise en quelques jours. Il connaît et connaîtra d'innombrables retirages. A ce jour, plus de 400 000 exemplaires ont été vendus aux quatre coins de la France et des pays francophones. Un raz de marée sans précédent ! Philippe jubile : « C'est incroyable ! »

Les records de dédicaces sont dépassés. Tous les libraires veulent Philippe de Dieuleveult. On s'arrache sa signature. Au rythme de deux villes par jour, l'auteur se déplace partout. A Rouen, il signe 700 exemplaires, à Lyon, plus de 1000. Dans une toute petite ville suisse, plus de 600.

A propos de ce succès quasi dément, Philippe confie : « J'avais envie avec ce livre, de montrer que je n'étais pas seulement le petit bonhomme rouge qui court à la télé et que j'avais vécu beaucoup d'autres aventures dans le monde entier avant l'émission. Je crois que le message a été reçu. Mais je ne m'attendais pas à la quasi-folie des séances de dédicace ! J'ai vu des gens de toute sorte, des personnes âgées, des enfants, qui voulaient me toucher, me serrer la main. Je ne soupçonnais pas ce besoin de contact ! » Ajoutant, malicieusement : « Je reçois des lettres aussi. Ce qui m'a fait le plus plaisir : des jeunes de dix-huit ans m'écrivent en me remerciant : "J'arrête de tourner en rond et je pars à l'aventure". »

Amusé, il confiait encore : « Quand je pense que les

éditeurs que j'ai contactés il y a deux ans m'ont répondu : « Ce n'est pas parce que vous passez à la télévision que vous allez vendre un livre ! » (1)

Prémonition erronée, les pauvres éditeurs n'ont pu que s'en mordre les doigts, car « J'ai du ciel bleu dans mon passeport » a suscité un réel engouement.

Le livre est à l'image de l'homme, tendre et lucide, sincère vis-à-vis de son destin et de ses aventures. Pas littéraire, mais spontané. Sans tricheries.
Et Philippe a raison, son style passe bien.

Quelques dénigreurs ont pourtant cru bon de jacasser un peu. Pure formalité. L'un de ces voyageurs de papier a écrit, après une conférence de Philippe de Dieuleveult, qu'« évidemment on ne demande pas à Tintin de parler aux indigènes, on ne s'étonne pas de le voir envahir un village avec un hélicoptère de l'armée ou encombrer les pistes africaines de morceaux perdus de ses véhicules »...

Philippe ne s'attardait pas tellement à ce genre de remarques. Pour lui, le principal, c'était de donner envie à d'autres de partir. PARTIR. Loin, très loin, à l'aventure ! Il était devenu un exemple.

A une journaliste qui lui reprochait d'écrire ses Mémoires à 33 ans, Philippe répondait, étonné : « Pourquoi attendrais-je l'âge de la retraite pour raconter ma jeunesse et mes aventures ? Je pense au contraire que c'est maintenant — à chaud — que cela peut intéresser les lecteurs potentiels (2). »

L'année 1984 marque aussi la fin de la « Chasse aux

(1) Livres de France, février 1985, no 65.
(2) *L'Illustré*, 20 octobre 1984.

Trésors », après quatre années de succès. Fatigué, Philippe ? On ne saura jamais très bien les raisons exactes de cette interruption. Philippe, lui, nous confiait : « Je crois qu'il faut savoir s'arrêter à temps. Je préférais prendre la décision moi-même. Ainsi, je sais que je reste un homme à part entière et que je ne suis pas un numéro ou un objet que l'on manipule. Je n'ai jamais eu vraiment cette impression, mais après quatre années de « Chasses », le produit marchait. J'avais demandé une amélioration : un deuxième hélicoptère et une deuxième caméra. Les producteurs l'ont fait trois fois. Après, ils n'ont plus été d'accord. Alors j'ai dit : « Bon, j'arrête. » J'ai pris cette décision parce que je suis amoureux de l'image et respectueux des gens qui font cette émission : le cameraman, le technicien, toutes ces personnes qui étaient avec moi sur le terrain... » (1)

A la même question, Jacques Antoine, qui a inventé « La Chasse aux Trésors », nous explique qu'il s'agit d'un concours de circonstances. Selon lui, Antenne 2 faisait beaucoup trop de rediffusions des mêmes émissions. Cette chaîne en était presque venue à commander douze émissions pour trente-neuf diffusions. Il était donc difficile, voire impossible de maintenir des équipes pour douze émissions annuelles. Une chaîne concurrente, TF1, consentait alors à reprendre le flambeau. Mais Antenne 2 a protesté violemment et a alerté les télévisions francophones qui ont estimé que « La Chasse » était un enfant d'Antenne 2 et qu'il n'y avait aucune raison que cela change. « Alors, on a arrêté, se souvient Jacques Antoine. Certes, ajouta-t-il, Philippe n'était plus vraiment d'accord, il en avait un peu ras le bol. Il avait sa

(1) Entretien avec l'auteur.

femme, ses enfants, il avait envie de décrocher. Alors, « La Chasse » s'est arrêtée. Bêtement. Vraiment bêtement ! » (1)

Exit « La Chasse » ! Mais Philippe nourrit d'autres envies. Il rêve de cinéma et de nouvelles aventures. Il crée sa propre maison de production, Passeport bleu, tourne quelques films. A Chamonix, il réalise « En limite de puissance », un document assez exceptionnel sur la sécurité civile en haute montagne.

Philippe rêve aussi d'éditer des livres sur le voyage à l'intention des enfants. « Ce n'est pas parce que j'ai arrêté « La Chasse aux Trésors » que je vais rester chez moi. J'aime l'image, la télévision, la musique, le reportage, le cinéma et tout ce qui bouge. Alors, je ne vais pas m'arrêter... », disait-il, heureux.

Le réalisateur Claude Lelouch s'intéresse à lui pour tourner dans « Vingt ans après... », la suite d'« Un homme et une femme ». Philippe est pressenti, puis engagé. Il doit jouer le rôle d'un motard, au départ du rallye Paris-Dakar 86. A ses côtés, Jean-Louis Trintignant, Richard Berry, Michel Sardou, Patrick Poivre-d'Arvor et Thierry Sabine ! Hélas, sans nouvelle du voyageur disparu, les producteurs ont été contraints de remplacer Philippe qui avait longtemps rêvé à ce rôle. Le tournage s'est achevé le 15 janvier 1986, les ultimes séquences ont été tournées au départ du Paris-Dakar. Un film « maudit » placé sous un mauvais signe : Thierry Sabine, l'un des acteurs du film, se tue au Mali, lors de la chute de son hélicoptère, peu avant l'arrivée du rallye à Dakar. A bord de l'appareil, le chanteur Daniel Balavoine et surtout Jean-Paul Lefur, un membre de l'équipe de « La Chasse aux Trésors »,

(1) Entretien avec l'auteur.

un pote de Philippe de Dieuleveult. C'est en effet lui, qui, chaque semaine, assurait la liaison radiotéléphonique avec Paris.

Au début de l'année 1985, Jacques Antoine n'a pas oublié Philippe. Il prépare une nouvelle émission, destinée à remplacer « La Chasse aux Trésors », intitulée « Mission possible ». Il s'agit, à chaque fois, d'une opération ponctuelle sur un terrain où l'on estime la situation préoccupante. En gros, d'une opération humanitaire dans le tiers monde, réalisée, à chaque émission, pour le compte d'un organisme différent, Médecins sans frontières par exemple. « C'était du reportage, raconte Jacques Antoine, mais étant donné le style même et la difficulté de "Mission possible", les gens auraient vécu l'émission comme une fiction, avec des personnages sympathiques qui, automatiquement, auraient été des héros. » (1) Jacques Antoine pense à deux hommes pour animer « Mission possible » : Didier Régnier, le présentateur du « Grand Raid » et... Philippe de Dieuleveult.

Mais notre aventurier vient de s'embarquer pour l'Afrique participer à la descente des fleuves en radeau : *Africa Raft*. « J'ai appelé Philippe par radio, se souvient Jacques Antoine. J'ai pu le joindre au Zaïre, dans un de ces campements sur le fleuve. Je lui ai expliqué très brièvement qu'il fallait qu'il revienne de toute urgence à Paris. La liaison n'était pas très bonne, mais il m'a compris et quatre jours plus tard, il était là. Après lui avoir expliqué l'émission, il a pesé le pour et le contre. Quand je lui ai dit : « Il faut que tu réalises un « pilote » de l'émission dans huit jours », là, il a réfléchi

(1) Entretien avec l'auteur.

longuement avant de dire : « Non, je ne peux pas. Je ne peux pas laisser l'équipe. J'y retourne... » Et il est retourné là-bas, aux rapides d'Inga. Il est reparti, et... il a disparu », soupire Jacques Antoine, ému.

Bête, bien trop bête que le destin. Jean-Yves Lemener, le cameraman de « La Chasse aux Trésors » nous le confiait : « Je n'ai rien à dire sur Philippe. Tout ce que j'ai à ajouter c'est que c'est trop bête, vraiment trop bête, qu'un type comme lui plein de projets et d'idées disparaisse comme cela. »

C'est un homme perpétuellement en mouvement, plein de projets (parmi lesquels la descente du Gange à la nage, une expédition au Groenland, un tour du monde en dirigeable) qui disparaît ce fameux mardi 6 août 1985, au Zaïre. Une région que Philippe connaît bien pour y avoir tourné quelques années plus tôt une « Chasse aux Trésors ». Il devait alors y retrouver la casquette du fils du dernier boy de Stantley, le fameux explorateur qui avait retrouvé Livingstone qu'on croyait mort depuis des années dans les profondeurs du Congo.

Symbole ? Cette anectode est en effet porteuse de l'espoir de revoir un jour Philippe le risque-tout. Des risques ? « Je ne suis ni un surhomme, ni Tarzan, ni Goldorak. Si je me permets quelques acrobaties, c'est parce que je m'en sens capable. Bien sûr, je ne suis pas à l'abri d'un accident mais ça fait partie de la vie », disait Philippe.

Un homme qui a fait face aux véritables dangers non par crainte de « perdre sa place » mais par besoin de se défier, par besoin de faire vibrer les autres.

Le directeur d'une entreprise de pompes funèbres lui avait même envoyé un jour une horrible lettre publicitaire lui recommandant de faire attention à ses sauts périlleux, « au cas où, nous sommes à votre disposition ».

Philippe rigole devant un tel avertissement. Le danger, connaît pas. L'accident, il y pense quelque fois. Il en parle parfois : « Souvent, je songe qu'un accident peut m'arriver, du jour au lendemain, je peux moi aussi être privé d'action. C'est pourquoi je vis intensément depuis toujours, au-devant du risque. Le risque couru volontairement est un moment si privilégié dans la vie que je veux en connaître le maximum. Si, par malheur, je venais un jour à perdre mes bras ou mes jambes, au moins, je me souviendrais de les avoir bien utilisés quand il était temps. »

Le temps, le temps où c'était le temps, comme chantait Brel. Faut-il aujourd'hui penser, comme le solitaire des îles Marquises, que « l'aventure est, maintenant, dans la modification du style de vie » ? La formule, en tout cas, colle bien à Philippe. Il agit comme il vit, rapidement et de manière intense. Un existentialiste, en somme. Un existentialiste de l'aventure. Ça existe aussi.

On demandait un jour à Maurice Herzog, le vainqueur de l'Annapurna, pourquoi les alpinistes mouraient parfois. Pour les hommes ? Pour le courage ? Herzog hochait la tête négativement et clamait : « Non, pour leur valeur d'homme et leur dignité d'homme... »

Dans son autobiographie (« J'ai du ciel bleu dans mon passeport »), Philippe a écrit quelques lignes toutes simples qui aujourd'hui, avec le recul, prennent une nouvelle signification. « Je m'attends aussi, disait-il à propos d'une « Chasse aux Trésors », *à ce que la légende s'empare de notre passage au Zaïre...* » Phrase énigmatique. Pensait-il déjà à Inga, à ses rapides, à ce fleuve dément ?

*
**

Le vendredi 31 mai 1985, Philippe de Dieuleveult se retrouve dans le minuscule studio de Vidéo-Télé-France, à Boulogne, celui-là même qui servait à enregistrer « La Chasse aux Trésors », côté candidats.

Ce jour-là, Philippe s'est déplacé pour participer à l'enregistrement d'un nouveau programme des télévisions francophones, toujours réalisé par Télé-Union : « Le grand Raid Le Cap-Terre de Feu ». Philippe est en effet le grand invité de la semaine.

L'ambiance est à l'euphorie. Philippe, décontracté, souriant, est en pleine forme. Il faut dire qu'il connaît bien l'équipe présente sur le plateau, lui qui pourtant n'affectionne pas tellement ce genre d'apparition télévisée. Il y a Roger Bourgeon, l'ancien directeur de « La Course autour du monde ». C'est lui qui souffla son nom à Jacques Antoine, pour présenter « La Chasse aux Trésors ». Il y a aussi Noëlle Bourgeon, la fille de Roger, la marraine de tous les anciens candidats de « la Course » et aujourd'hui, de ceux du « Grand raid ». Bref, Philippe est à l'aise au milieu d'amis. Il plaisante...

Le générique démarre. Didier Régnier, le présentateur de l'autre bout du monde appelle Paris de Puerto Montt, un petit port chilien au bord du Pacifique. Les deux compères, l'un à Paris, l'autre à Puerto Montt se connaissent bien. Ils ont participé ensemble la même année à la « Course autour du monde ». « Ça me fait très plaisir de pouvoir t'adresser la parole, lance Philippe de Dieuleveult à son vieux copain, surtout depuis un plateau. Pendant quelques années, j'ai été à ta place, sur le terrain », lance-t-il ironiquement. « Malheureusement, ajoute Philippe, lorsque tu reviendras de ce grand raid, je serai en Afrique. Je pars pour deux mois faire un grand voyage, mais après, on se rencontre, c'est promis ! Nous partons tout début juin, dans quelques jours, relier l'océan Indien à l'océan Atlantique par les fleuves. 5 000 kilomètres de navigation en traversant la Tanzanie, le Burundi et le Zaïre avec Gérard d'Abboville et une équipe de douze personnes, en opération survie. Ça va être une belle aventure... »

Ça y est, c'est lâché. Quelques jours avant son départ, Philippe n'a pas pu dissimuler sa joie de participer à cette expédition si présente dans son cœur et dans sa tête.

Oui, c'était... une belle aventure.

***

L'Afrique, terre de magies et de superstitions. Continent secret, de déserts et de steppes. Un Eldorado penché vers la volonté du modernisme mais qui tient fermement à conserver ses traditions.

« Mânes, ô mânes de mes Pères », chante Léopold Sedar Senghor, le poète sénégalais de la négritude. « Nuit d'Afrique, ma nuit... »

L'Afrique des sentiers sinueux, des étendues de verdures, de tons amande à émeraude. L'Afrique des champs, du maïs, de l'orge, du tabac et des vastes rizières. L'Afrique des moutons et des chèvres, des lions, des léopards et des crocodiles.

L'Afrique des livres, des explorations, des conquêtes. L'Afrique de Jules Verne qui déjà, en 1862, avec le docteur Ferguson, explorait le continent avec « Cinq semaines en ballon », premier roman qui fit la gloire de son auteur, sous les plaisantes reliures dorées de l'éditeur Hetzel, « mal rouge et or » — comme disait Cocteau — de notre enfance.

Plus près de nous, en 1930, « Tintin au Congo ». Le jeune Hergé faisait évoluer Tintin dans un Congo colonisé, paternaliste et moralisateur à souhait.

Le Congo, colonie belge, a acquis son indépendance en 1965. Il y a donc vingt ans que la jeune République du Zaïre s'ouvrait au modernisme, résolument tournée vers l'avenir. Mais il faudra attendre octobre 1971 pour le *Congo* deviennent le *Zaïre*.

*
**

L'aéroport international de Bujumbura au Burundi. Quelques hommes respirent, en ce début du mois de juin 1985. Le Boeing 727 des Kenyan Airlines vient de les poser sur le tarmac. Ils ont frôlé la catastrophe. En plein vol, le réacteur droit de l'appareil s'est enflammé, déséquilibrant l'avion sur l'autre aile. L'un des passagers s'est évanoui, un autre a eu une crise de tétanie. L'hôtesse de l'air s'est assommée contre un siège...

Douze gaillards en tee-shirt pénètrent dans l'enceinte de l'aéroport. Une bande de copains décidés et déterminés à conquérir l'inutile. Juste pour l'exploit et pour l'aventure. Traverser l'Afrique, d'est en ouest, par les fleuves, le lac Tanganyika, le fleuve Lukuga, et le Zaïre jusqu'à l'Atlantique.

Les douaniers et les policiers de l'air du Burundi s'activent, soupçonneux, autour de trois tonnes de matériel réuni dans des containers qu'on s'empresse d'ouvrir. Ils bondissent en découvrant... des fusils 460 Weatherby, des carabines 22 magnum et long rifle, des postes émetteurs Thomson de type militaire, des caisses de médicaments, des kilos de rations survie, enfin, de drôles d'embarcations vert kaki, deux « catarafts », deux radeaux dont l'armature en fer est recouverte de caoutchouc.

André Hérault, le chef de l'expédition, brandit les papiers officiels, explique, rassure. Les douaniers ne veulent rien savoir. Ce n'est pas tous les jours qu'une bande de copains débarque avec un tel arsenal ! Tout est clair, papier officiel ou pas : il ne peut s'agir que d'une bande de mercenaires résolument prêts à lancer une opération sur le Zaïre.

— Vous dites, des aventuriers ?

Qu'est-ce que c'est que ces histoires ? Les douaniers du Burundi y perdent leur peu de latin. Pourtant, le rêve fou est bien réel... Cela fait plus d'un an qu'André Hérault, un solide gaillard de 58 ans, prépare l'expédition *Africa Raft*. Il a fallu à cet ancien commandant des mois de préparation pour concrétiser ce rêve fou à la Jules Verne.

Chaque participant a été vacciné de la tête aux pieds. Gérard d'Aboville, le vainqueur de l'Atlantique à la rame a supervisé la construction des deux « rafts » qui, pendant deux mois, ont été testés en France, sur l'Allier et l'Isère. Bref, tout est prêt. On est paré à affronter tous les pièges que cache cette belle aventure.

L'hebdomadaire *Paris-Match* a décidé de participer au sponsoring de l'expédition pour la somme de 100 000 FF et a envoyé un de ses photographes, Richard Jeannelle, renforcer l'équipe. D'autres entreprises ont également apporté leur soutien financier à cette traversée de l'Afrique.

De l'ensemble du matériel des explorateurs, les douaniers du Burundi n'ont finalement confisqué *que* les armes, et après de longues hésitations des douaniers l'équipe a pu conserver également les précieux appareils de transmission.

Les douze aventuriers peuvent désormais s'atteler aux premiers préparatifs. Cependant ils restent bloqués trois semaines à Bujumbura, faute d'assurances formelles de pouvoir pénétrer en territoire zaïrois. Le moment est malvenu en cette veille de fête de l'Indépendance, époque que choisissent généralement les rebelles et les mercenaires pour tenter des coups d'Etat et autres offensives armées. Les pires nouvelles parviennent à Bujumbura : un Français vient juste d'être récupéré par l'armée zaïroise après sept mois de captivité chez des opposants au régime ; un catamaran d'Elf-Aquitaine en prospection sur le lac Tanganyika vient d'être mitraillé en s'approchant un peu trop près des côtes zaïroises.

Patience. L'équipe s'offre quelques jours de détente à Bujumbura. La télévision nationale du Burundi profite de l'aubaine pour visiter les audacieux aventuriers un peu fous, qui attendent que le vent tourne et conservent la bonne humeur sous le soleil africain.

Heureux qui comme Ulysse... Le long voyage finira par prendre son départ. L'équipe se décide à quitter Bujumbura le 4 juillet 1985. Première étape, la traversée du lac Tanganyika jusqu'à la rive zaïroise. Malgré les assurances reçues, chacun est tendu et nerveux. On navigue de nuit. Le lendemain, Philippe de Dieuleveult et ses compagnons touchent Kalami, après dix-huit heures de traversée. Ils sont attendus par... l'armée. Tout un bataillon de soldats est sur la rive. A bord des radeaux, on agite des drapeaux français et zaïrois. On accoste enfin. Les militaires enmènent les membres de l'expédition chez le citoyen-gouverneur qui leur délivre de nouvelles autorisations. On repart...

A un journaliste de *VSD*, l'un des rescapés de l'expédition confiera : « Le problème, c'est qu'on ne savait jamais si les soldats étaient au courant ou non de notre passage. Le lendemain, sur le fleuve Lukuga, nous avons vraiment cru y passer. Deux soldats nous sifflent du haut de la rive. C'était beaucoup trop compliqué pour s'arrêter. A ce moment-là, l'un des soldats dévale le talus et nous met en joue avec sa Kalachnikov. A trente mètres !... On était sûr qu'il allait tirer. Notre médecin a sauté par-dessus bord, oubliant les crocodiles. Philippe de Dieuleveult s'est jeté sous le matériel et moi je ne pouvais rien faire d'autre que me cacher derrière le moteur en tournant la manette des gaz au maximum. Mais rien à faire, on ne pouvait pas dépasser les 15 km/h. Et on est passés ! Je n'ai toujours pas compris pourquoi ils n'avaient pas tiré... » (1)

La traversée continue. Les rafts, baptisés « Godlieve » et « Françoise », ne passent pas inaperçus et sèment parfois la terreur. Les indigènes ne sont pas habitués à voir surgir des hommes casqués sur deux énormes radeaux. Certains autochtones détalent à toutes jambes, s'enfonçant dans la brousse, au milieu des cris et de l'inconnu.

L'expédition vogue en plein Kipling, à raison de deux cents kilomètres par jour environ. De quoi remplir un autre... livre de la jungle.

A 4 heures, chaque jour, l'équipage accoste quelque part le long du fleuve avant que la nuit ne surprenne les

(1) *VSD*, no 415, 15-21 août, par Philippe Lemoîne.

aventuriers. On débarque le matériel, on dresse les baraquements et les moustiquaires. On cherche du bois et on prépare un feu. Un camp de scouts en pleine jungle. Puis, on dîne. Pas grand-chose, ce qu'on a pu trouver : du poisson, des légumes, des fruits. Parfois, un peu de nourriture troquée avec des indigènes. Le repas terminé, on monte l'antenne, la précieuse antenne qui, chaque soir, permet à l'équipage de garder le contact et le moral avec Paris. On se bouscule gentiment pour dire bonjour aux familles. Puis, la nuit tombée, chacun va se coucher, pelotonné sous les moustiquaires. On se relaie pour la garde... A 5 heures, c'est la diane !

Chaque matin, Philippe prépare son matériel. Il a emporté une caméra vidéo ultralégère et très maniable. Une autre est fixée à l'arrière d'un des rafts afin de filmer l'équipage évoluant à bord. Il doit songer à sa « Course autour du monde », quelques années plus tôt au temps où il filmait encore en super-8, prisonnier de ne pouvoir découvrir ses images avant son retour. Là, en plein Zaïre, il peut visionner les images accumulées pendant la journée.

Africa Raft continue sur des cours d'eau aux nombreux visages. Les problèmes s'accumulent : une hélice endommagée dans les rochers du fleuve Lukuga, un arbre de transmission cassé, les mouches tsé-tsé qu'il faut éloigner comme on peut, le plus souvent, à l'aide de tee-shirts mouillés.

A Kongolo, l'expédition triomphe, franchissant avec succès les célèbres « Portes de l'Enfer ». Les équipiers ont longtemps hésité avant de s'y lancer. Deux autres expéditions en radeau et en zodiac avaient déjà échoué. A cet endroit, le fleuve est d'une violence terrible. Rapides et tourbillons viennent se fracasser contre les rochers. Les deux radeaux d'*Africa Raft* se lancent dans ce passage en furie. Avec leurs moteurs de 25 CV, ils dérivent, emportés dans des flots gigantesques. Les rafts sont basculés, tels des coquilles de noix. Mais la volonté humaine vaincra... On passe, c'est gagné !

1 600 kilomètres séparent Kisangani de Kinshasa, la capitale du Zaïre. Presque une croisière de plaisance. Philippe, rappelé par Jacques Antoine, profite de cette accalmie pour faire un saut à Paris. Il espère aussi assister à la naissance de son troisième enfant, prévue vers la fin de juillet. Mais, le 1er août, Philippe repart avant l'heureux événement qui se fait attendre. Via l'aéroport Charles-de-Gaulle, il embarque immédiatement pour Kinshasa où il rejoint ses camarades pour la dernière partie de l'expédition. Philippe est confiant. Il a réservé son billet de retour, depuis Matadi.

L'avion de ligne transportant Philippe se pose sur la piste de l'aéroport international de Kinshasa, au Zaïre.

« Le Zaïre, rappelle souvent son président, Mobutu Sese Seko, est un sous-continent grand comme une fois et demie l'Europe. Le Zaïrois pourrait s'identifier au Grec, à l'Italien, au Suisse, au Français, à l'Espagnol, au Portugais, au Belge, au Britannique, à l'Allemand, au Danois. Mettez tout ce monde ensemble pour former un Etat unitaire, vous aurez la République du Zaïre... »

C'est vrai que ce pays africain possède les dimensions d'un continent entier et des ressources naturelles — du cuivre, de l'or, des diamants, du charbon — aussi énormes que variées. Sur le plan économique, l'ex-Congo belge est l'une des puissances de l'Afrique d'aujourd'hui. La population zaïroise est penchée vers la volonté de vaincre le sous-développement. Pas une tâche facile. Planté au cœur du continent noir, le Zaïre partage ses 9 000 kilomètres de frontières avec la République populaire du Congo et la République centrafricaine, à l'est et au nord ; avec le Soudan, au nord-est ; avec l'Ouganda, le Rwanda, le Burundi, la Tanzanie, à l'est ; avec la Zambie, au sud-est et au sud ; enfin, avec l'Angola à l'ouest. Une quarantaine de kilomètres de côtes constitue la seule ouverture du pays sur l'océan Atlantique.

Symbole de l'unité nationale — comme le dit l'hymne national — le fleuve Zaïre, omniprésent, majestueux. Une voie d'eau royale presque sacrée. Un pays autour d'un cours d'eau. On y navigue, on y pêche, on y vit. On l'entend mugir, on le sent se cabrer et s'échapper en de nombreux méandres échancrés à l'infini.

Le fleuve Zaïre pourrait être un prétendant aux records toutes catégories. Paris-Moscou, c'est sa longueur, c'est à dire 4 700 kilomètres de diversités à travers la steppe et la forêt vierge, de marécages perdus au milieu de collines herbeuses. Décor de rêve, fleuve envoûtant, le Zaïre déverse ses eaux dans l'océan au large de Banana. L'eau qu'il charrie pourrait, transformée en énergie, alimenter une centrale de plus de 130 millions de chevaux-vapeur, le cinquième du potentiel mondial ! Au pool Malebo, le fleuve mesure 25 kilomètres de largeur (!) parsemés d'îles impénétrables ou de bancs de sable sur lesquels se dorent quelques crocodiles ensommeillés.

Le jour même de son arrivée, Philippe de Dieuleveult et quelques-uns de ses camarades louent un avion privé et survolent le fleuve Zaïre jusqu'à son embouchure. Les lignes électriques les empêchent de descendre au-dessous de 150 mètres. Le spectacle n'en demeure pas moins impressionnant, surtout les chutes d'Inga. On décide qu'une reconnaissance à pied sera plus que nécessaire lorsque les rafts et l'expédition arriveront à la hauteur de ces rapides.

Le lendemain, l'équipe rencontre des officiers français qui encadrent les soldats de la 31e Brigade parachutiste zaïroise. Ceux-là même qui, quelques jours plus tard... rechercheront les disparus.

Le samedi, vers 9 h 30, le « Godlieve » et le « Françoise », les deux rafts, quittent enfin Kinshasa. Les deux embarcations sont très vite emportées par les premiers rapides, violents, mais l'équipe les domine sans trop de dégâts. Nelson Bastos et André Hérault, le commandant de l'expédition, sont blessés par les barres métalliques du radeau.

Le fleuve Zaïre, dans sa dernière partie, n'est que nervosité et ses courants sont des pièges. Les choses sérieuses commencent. Deux jours plus tard, l'équipée approche d'Inga. A 14 heures, on accoste sur un petit îlot rocheux, l'île des Hippopotames. Les téméraires aventuriers s'en vont, comme convenu lors de la reconnaissance aérienne quelques jours plus tôt, reconnaître le fleuve à pied et interrogent un pêcheur : ces rapides seraient-ils plus forts que ceux de Kongolo franchis quelques jours auparavant ? « Ce ne sont pas des rapides, ce sont des trombes d'eau ! » s'exclame le pêcheur un peu épouvanté.

Philippe de Dieuleveult essaie de traverser à la nage un petit bras du fleuve, sa caméra à la main. L'infortuné est aussitôt emporté par les flots. Passant une première chute, puis une seconde de trois mètres, il parvient cependant à se hisser sur un rocher glissant. La caméra, elle, est déjà prisonnière du fleuve...

Vers 5 heures moins le quart, en fin d'après-midi, les repérages effectués, on regagne l'île des Hippopotames. Tout en préparant le repas du soir, chacun commence à réfléchir. Puis, on parle d'autre chose. Le gastronome Richard Jeannelle, le photographe de l'équipe, fait saliver tous ses copains à l'évocation des festins succulents qui les attendent plus bas, à Banana, à l'embouchure du fleuve. A 20 heures, comme tous les soirs, on appelle Paris par radio. On prévient que la journée du lendemain sera très dure avant de conclure, de Paris, par un « allez bonne chance, à demain ».

Demain ? C'est le fameux mardi 6 août.

La légende s'est déjà emparée de cette aube zaïroise. On a en effet beaucoup romancé cette dernière matinée décisive, celle du choix de tous les membres de l'expédition : continuer ou renoncer. On a parlé d'instants dramatiques, de gouttes de sueur sur les visages, comme si ces hommes, en décidant de poursuivre, disaient « au revoir » à leur propre vie...

Le mieux est de laisser parler les deux rescapés de l'expédition, Jean-Louis Amblard et François Laurenceau qui tous deux ont renoncé à poursuivre et sont restés sur l'île des Hippopotames. Ils écrivent : « Autour du feu, sur lequel chauffe le café, nous annonçons aux autres notre décision de ne pas passer et essayons de les convaincre en exposant les arguments qui nous ont décidés. L'expérience des rapides précédents et le décollage de l'avant-veille nous font penser que les rafts risquent fort de se retourner. Chacun donne son avis sans qu'aucun élément objectif puisse donner raison à l'un ou à l'autre. On entend au loin le grondement des vagues. André nous dit simplement que nous sommes libres de notre décision et qu'elle ne pose aucun problème. Il ajoute, avec une voix blanche, qu'il a décidé de continuer mais qu'il n'est pas sûr que nous ayons tort. Chef de l'expédition, il ne peut laisser ceux qui veulent poursuivre. Il demande à chacun de faire part de son choix, sans aucune tentative pour convaincre dans un sens ou dans l'autre. Il règne une grande tension. La question est posée d'abord à ceux qui paraissent le moins décidés. Tous les traits sont crispés, ce qui nous fait penser, un moment, que nous ne serons pas les seuls à rester sur l'île. Mais, une à une, les réponses font basculer la situation. Il y aura sept passagers volontaires sur les rafts qui vont se lancer sur le fleuve... » (1)

Le docteur François Laurenceau et Jean-Louis Amblard, restés sur terre, surveillent attentivement l'amorce du fleuve par les deux rafts. Le « Godlieve », avec à bord, André Hérault, Guy Colette, Nelson Bastos et Richard Jeannelle, quitte le premier l'île des Hippopotames. Il est aussitôt suivi par le « Françoise » où ont pris place Philippe de Dieuleveult, Angelo Angelini, Lucien Blockmans.

Laurenceau et Amblard notent encore dans leur carnet de bord : « Quand ils passent devant nous, ils sont déjà aspirés par le courant central et affrontent les premières vagues. On les voit disparaître dans les déferlantes de dix mètres, avec une accélération extraordinaire. »

Après ? Où sont donc passés les deux rafts et leurs équipages ? L'énigme d'Inga est née...

(1) Journal de bord des rescapés publié dans *Paris Match* no 1892 du 30 août 1985.

II

LE MYSTÈRE D'INGA

Le barrage d'Inga est le complexe hydro-électrique le plus puissant d'Afrique. Fierté du peuple zaïrois et surtout de son président, Mobutu Sese Seko, sa production représente 6 % du potentiel hydro-électrique mondial. Il a été inauguré le 24 novembre 1972 et six groupes ont été mis successivement en service en août 1972 et décembre 1974. Le barrage d'Inga est situé à 390 kilomètres de Kinshasa, la capitale.

Au moment de sa construction un danger particulier s'est ajouté aux difficultés techniques. Le site d'Inga fut longtemps considéré comme dangereux pour une raison toute simple : la présence d'une espèce d'abeille dont la piqûre rend, dit-on, instantanément aveugle. Mais dès la mise en marche du complexe, les insectes venimeux ont disparu. Une autre menace s'y est installée et a commencé à planer sur Inga : l'insécurité.

En effet, le barrage d'Inga est devenu un site particulièrement intéressant et envié des pays voisins, notamment de l'Angola qui porte beaucoup d'attention à cette partie du Bas-Zaïre. Les frontières étant particulièrement perméables, l'armée zaïroise est constamment sur les dents. Elle n'exclut pas, semble-t-il, une attaque armée ennemie. Le pouvoir zaïrois ne reconnaît pas officiellement cet état de fait. Néanmoins, en 1982 déjà, un journaliste de Radio-France-International demandait au président Mobutu s'il existait bel et bien des zones d'insécurité qui échapperaient à l'autorité du gouvernement central. Le président répondit : « Demandez à ceux qui le disent de vous citer nommément ces zones, que je vous envoie aussitôt sur ces lieux avec des militaires ou vos collègues journalistes. On raconte beaucoup de choses sur le Zaïre, poursuivit le président Mobutu. Je sais que mon pays est dans le collimateur. Je sais que mon pays est victime d'une maffia internationale. Combien de pays, en Afrique, jouissent de cette paix qui règne au Zaïre depuis mon arrivée au pouvoir, abstraction faite de ce que nous avons connu au Shaba mais qui est venu de l'extérieur. C'est très grave ce que vous rapportez. « On dit »... « On », c'est qui ? » (1)

Néanmoins, c'est incontestable, la région d'Inga est étroitement surveillée par l'armée zaïroise afin d'assurer sans doute « cette paix qui règne au Zaïre » pour reprendre l'expression du président Mobutu.

Il faut dire que l'enjeu stratégique du barrage d'Inga est de taille. Sa puissance dépasse de loin celle de Cabora Bassa, au Mozambique. Il ouvre d'énormes possibilités industrielles et économiques. D'ici à quelques années la phase finale portera sa productivité à plus de 30 millions de kilowatts-heure ! Un phénomène unique au monde !

(1) *Les chefs d'Etat parlent*, Editions Pierre-Marcel Favre.

*
**

Ils ont disparu !

« On est sans nouvelles de Philippe de Dieuleveult et des six autres personnes disparues avec lui mardi sur le fleuve Zaïre... » Les radios interrompent leurs programmes, les télex crépitent dans toutes les salles de rédaction. A Paris, à Genève, à Bruxelles, partout, on questionne, on s'étonne. Est-ce possible ?

Jour après jour, la presse s'interroge. L'affaire *Africa Raft* est devenue un véritable feuilleton. Antenne 2, devant l'incertitude qui pèse sur le sort de Philippe de Dieuleveult, interrompt la diffusion de « La Chasse aux Trésors », au moment même où la chaîne avait programmé une reprise de « La Chasse » au... Zaïre ! Ironie du sort, cet épisode des aventures du Tintin de la télévision française s'ouvrait par l'évocation des rapides et du barrage d'Inga sur de superbes images prises d'hélicoptère. Cette « Chasse aux Trésors » avait été enregistrée presque une année avant la disparition d'*Africa Raft*. L'hélicoptère de Philippe, affrété auprès des forces armées zaïroises, allait servir, un peu plus tard, à rechercher l'un de ses anciens passagers, perdu quelque part le long du fleuve... Il est parfois des similitudes qui laissent plus que songeur.

L'opinion publique, les téléspectateurs et les lecteurs sont avides de comprendre. Pour l'hebdomadaire *Paris-Match* qui avait participé au sponsoring de l'expédition, l'affaire est devenue rentable. A quoi bon se priver d'en parler. La majorité des magazines et des hebdomadaires consacrent leurs couvertures à Philippe de Dieuleveult. Regrets unanimes, éloges intarissables. Pour toute la presse,

Philippe est mort noyé. On parle de son courage, de son amour de la vie. Les articles sont du genre nécrologique ou hagiographique. Pas de demi-mesure dans la démesure. Il en est pourtant certains qui chercheront à savoir ce qui s'est réellement passé le 6 août 1985 sur le fleuve Zaïre. A commencer par les rescapés, François Laurenceau et Jean-Louis Amblard qui dès le jour même du drame s'inquiètent du sort de leurs coéquipiers et entreprennent les premières recherches.

Le 6 août, les deux hommes, coincés sur l'île des Hippopotames, dernier bivouac de l'expédition avant les rapides d'Inga, mettent plus de six heures pour regagner la rive et atteindre le barrage d'Inga où ils se retrouvent face à des gendarmes en alerte. Le télex de Kinshasa annonçant le passage de l'expédition est bien arrivé, « mais le responsable de la sécurité l'a gardé sous son coude et a envoyé des patrouilles sur les rives », raconteront plus tard Laurenceau et Amblard (1) envisageant déjà la possibilité d'une bavure. Car, après avoir finalement retrouvé les papiers, le responsable de la sécurité les a invités à déjeuner et leur a fait subir un interrogatoire jusqu'à huit heures du soir.

Jean-Louis Amblard, répondant à une interview de *Paris Match*, pas mal de temps plus tard, dira encore à ce propos : « Nous sommes arrivés au barrage d'Inga vers 14 heures, le mardi 6 août. Les premiers employés que nous avons rencontrés ont appelé les militaires et les responsables de l'A.N.D., la police politique, en poste sur le barrage. Une voiture est arrivée. Trois hommes en sont descendus. Parmi eux, un major de l'armée zaïroise en tenue kaki, un béret

(1) *Paris-Match*, 30 août 1985.

vissé sur la tête. Un type courtois mais ferme. Nous nous sommes présentés et avons expliqué la situation. Nous avons montré les documents officiels nous autorisant l'accès du secteur. Ses traits se sont crispés. Il était consterné. « J'espère que rien de fâcheux n'est arrivé, a-t-il lâché aussitôt. J'ai donné des ordres très exacts pour que personne ne passe. » On percevait une énorme inquiétude dans sa voix. Il a ajouté : « S'il s'est produit quelque chose, je n'y suis pour rien. Je n'étais pas averti, ce n'est pas de ma faute (1). »

Le télex oublié signifie donc que les responsables du barrage n'étaient pas informés du passage des rafts. Sans avertissement, c'est l'alerte ! Neuf Blancs sur le fleuve, neuf mercenaires décidés à faire sauter le barrage ? Pourquoi pas.

Jean-Louis Amblard explique encore : « Alerté la vieille, le major était monté au barrage depuis la circonscription dont il est responsable. Avec lui, le chef local de la police politique. Ils ont ordonné aux Américains et aux autres étrangers qui travaillaient à Inga d'éteindre les lumières et de rester chez eux. Des patrouilles ont été envoyées sur les rives. Avec un seul ordre : *Ils* ne doivent pas passer ».

Nous l'avons dit plus haut, deux ingénieurs emmènent déjeuner Jean-Louis Amblard et François Laurenceau. Les militaires et les politiques les interrogent ensuite. Un interrogatoire qui dure tout l'après-midi. Plus qu'une enquête policière ! En ce 6 août, jour du drame, n'y aurait-il pas mieux à faire ? Cela fait seulement quelques heures que les deux rafts ont tenté le passage des rapides et il n'y a finalement aucune raison de penser, à ce moment-là que pour une raison ou une autre, ils ont échoué. Alors... « J'avais

(1) Entretien avec Michel Peyrard, *Paris-Match*, 13 décembre 1985.

seulement l'impression qu'ils cherchaient à nous empêcher de nous rendre sur les rives du fleuve », commentera plus tard Amblard. Le soir même, contre leur gré, on conduit les deux Français à Matadi.

Le lendemain, on empêche à nouveau les deux amis de patrouiller le long du fleuve. Amblard et Laurenceau restent coincés à Matadi. Dans leur hall d'hôtel, ils rencontrent le pilote qui avait fait avec eux et les autres membres de l'expédition, quelques jours plus tôt, la reconnaissance aérienne au-dessus du fleuve. Les deux rescapés lui demandent alors de survoler le fleuve et la région d'Inga lors de son retour à Kinshasa où, une fois dans la capitale, il alertera le consulat de France le plus rapidement possible.

Le 8 août, Amblard et Laurenceau peuvent enfin quitter Matadi et remonter en voiture jusqu'à Inga. Les militaires, dans l'intervalle, ont envoyé des patrouilles qui ont retrouvé un bateau vide, le « Françoise ». On s'interroge : quelqu'un aurait-il vu quelque chose ? Un ingénieur zaïrois a vu la veille à 11 heures — donc, le mercredi 7 août, *lendemain* du drame — du bout de la piste de l'aéroport surplombant le fleuve, un homme blanc, puis deux autres qui débarquaient du matériel d'un raft, le « Françoise ». L'un d'entre eux portait un pullover noir. On pense aussitôt à Philippe de Dieuleveult qui, sur l'île des Hippopotames au moment du départ, portait effectivement un pullover noir. C'est à 1 500 mètres en aval de cet endroit que le « Françoise » sera retrouvé échoué sur la rive.

Le vendredi 9 août, Amblard et Laurenceau peuvent enfin survoler le fleuve en hélicoptère, grâce à l'armée zaïroise. Ils repèrent du ciel l'endroit où le bateau a été vu par l'ingénieur zaïrois et se dirigent ensuite vers le « Françoise » amarré par les gendarmes sur la berge un peu plus en aval. Les deux compagnons identifient bien le « Françoise » sur lequel avaient pris place Philippe, Angelo Angelini et Lucien Blockmans.

Les occupants n'ont laissé aucun signe de vie. Le tableau arrière est arraché d'un côté. Le moteur a disparu, il ne reste rien à bord, mais l'embarcation est intacte.

Sur le terrain, les gendarmes fouillent déjà et la population, à la demande de Kinshasa, participe également aux recherches.

Le lendemain, le samedi 10, Laurenceau et Amblard survolent toute la rive gauche entre Matadi et Inga. En direction de l'île des Hippopotames, on retrouve la carcasse d'un second raft, le « Godlieve ». L'embarcation abîmée est découverte retournée. Ce qui laisse supposer peu d'espoir de retrouver indemnes ses quatre passagers.

L'après-midi, les deux rescapés parcourent les villages et rencontrent un greffier qui a dressé un inventaire de tout le matériel retrouvé rangé dans une case. Ils constatent tout de suite qu'il s'agit bien des effets qui étaient à bord du « Godlieve« . Il ne se serait donc peut-être pas disloqué sur les rochers comme l'épave le leur laissait supposer. Les villageois ont retrouvé un moteur et caché le second près du fleuve, mais les habitants d'un autre village l'ont découvert à leur tour et s'en sont emparés avec les boudins du bateau. Il n'y a aucune trace de déchirure sur ces morceaux de caoutchouc et le type qui les a coupés ne s'en cache pas.

Le dimanche 11 août, Jean-Louis Amblard et François Laurenceau survolent à nouveau le fleuve et essaient de se poser à proximité de l'endroit où l'ingénieur zaïrois auraient vu trois hommes blancs, mais ils n'y parviennent pas. Un militaire saute de l'appareil en vol stationnaire et découvre à proximité du lieu signalé par l'ingénieur une malette de caméra vidéo, « qui se trouve trop loin pour avoir été rejetée par le fleuve », notent Laurenceau et Amblard.

C'est le même jour que la 31e Brigade de parachutistes zaïroise encadrée d'officiers français arrive à Inga afin de poursuivre les recherches. Plus tard, en assistance aux militaires zaïrois, le Gouvernement français décide en Conseil des ministres d'envoyer sur place des troupes d'élites, membres du Commando de recherche et d'action en profondeur, celles-là même qui, quelques années plus tôt, ont sauté en éclaireur sur Kolwezi, libérant la ville et ses otages. Des hommes triés sur le volet, de solides gaillards sortant pour la plupart du Centre national de Mont-Louis. Des troupes d'élite — plus de 60 hommes — placées sous le commandement du lieutenant-colonel Jean et assistées de moyens considérables, tels que deux avions de transport Transall C-160 et deux hélicoptères (un Puma et une Gazelle transportés en pièces détachées et remontés sur place) ainsi que des bateaux pneumatiques et des équipements de transmission radio.

Une partie de ces forces armées regagnera Bangui le 5 septembre, tandis que l'autre, restée sur place, tentera d'observer, avec l'accord des autorités angolaises, la rive sud du fleuve. Sans résultat.

A signaler enfin que les recherches sont effectuées sur la rive gauche du fleuve. On ratisse le terrain. A notre connaissance et d'après les informations recueillies, la rive droite (côté barrage) n'a pas été fouillée.

Le 22 août, l'un des frères de Philippe, le chef d'Escadrons Jean de Dieuleveult arrive à Kinshasa. Il rejoint aussitôt les troupes françaises dans la région d'Inga. Le lieutenant-colonel Jean qui dirige les opérations de recherches, assisté d'un officier et d'un sous-officier zaïrois, présente ses sincères condoléances à Jean de Dieuleveult. Est-ce bien le moment choisi ? Aurait-on retrouvé le corps de Philippe ? Non, pas encore. Mais, pour le militaire qui dirige les opérations, la conclusion semble d'ores et déjà admise et claire : l'accident et la noyade des sept hommes de l'expédition. Et cette « certitude », le lieutenant-colonel en est persuadé dès le premier jour... Curieuse attitude pour un homme qui doit essayer d'établir les causes de la disparition des membres d'*Africa Raft* et, de ce fait, garder une certaine indépendance d'esprit n'excluant aucune piste !

Sur place, Jean de Dieuleveult demande que le « Françoise », retrouvé intact, soit remonté à l'aide d'un hélicoptère près de l'île des Hippopotames. On largue le bateau, qui, très vite, est emporté par les rapides jusqu'à ce qu'il soit complètement disloqué par la violence du fleuve. Ce qui permet de déduire qu'il n'est peut-être pas impossible, comme on le prétend, de vaincre les rapides d'Inga. D'ailleurs, on constate qu'il y a bel et bien un passage possible et « navigable ». Les rares témoins confirment que c'est bien ce passage que le « Françoise » a pris le 6 août. Pourquoi a-t-on retrouvé le « Françoise » en parfait état, échoué sur la rive gauche du fleuve ? Question ennuyeuse qui embarrasse les partisans de la thèse de la noyade.

***

Le 19 août, un corps est retrouvé non loin de la ville de Boma, à 100 kilomètres en aval d'Inga. Le cadavre est identifié, grâce à une chaînette en or qui entourait le cou du noyé, comme étant celui du Belge Guy Colette, entrepreneur au Burundi. Il faisait partie de l'expédition dès son départ, à Bujumbura. Sa dépouille est rapatriée en Belgique et aussitôt inhumée. On ne procédera à aucune contre-autopsie en Europe.

Il faudra attendre le 6 septembre pour que le fleuve Zaïre qui, dit-on, ne rend jamais les corps de ses victimes, livre un second cadavre, à l'embouchure de la rivière Mpo Zo, près de Matadi. Un corps qui n'a plus de tête ni de mains et dans un état de décomposition très avancé. Il mesure 1 m 75. Les médecins légistes zaïrois l'identifient comme étant celui de Philippe de Dieuleveult, sur les seules conclusions de similitudes « morphologiques ». Une contre-autopsie réalisée à Paris, ordonnée par le Parquet, dément formellement cette allégation. Nous en parlerons plus loin.

Le lendemain de cette découverte, le 7 septembre, un curieux télex arrive au ministère de la Défense à Paris. Un télex très étrange révélé par un ancien fonctionnaire du ministère de la Défense qui affirme avoir été présent lors de la réception d'un message de la plus haute importance au centre des transmissions du ministère de la Défense. Pascal Bonnefille qui a recueilli cette confession pour le *Parisien libéré* nous a autorisé à reproduire dans son intégralité les propos tenus par ce bizarre personnage qui « semblait avoir peur » selon son interlocuteur. Les voici donc, *in extenso :*

« C'était le 7 septembre et, comme tous les jours, j'étais venu à mon bureau, prêt à voir défiler devant mes yeux des centaines de messages codés et estampillés « Secrets Défense », quand, soudain tombe un télex. Il provient du Zaïre et on le déchiffre. Très vite, je me rends compte qu'il concerne l'expédition *Africa Raft*. Ça m'intéresse, on a tellement parlé de Philippe de Dieuleveult et de ses amis.

» Bien sûr, on nous avait annoncé leur disparition depuis un mois, mais chez nous, à la Défense, ça semblait si loin... Pourtant, la thèse officielle de l'accident ne nous satisfaisait pas pleinement. Parce que nous, à la Défense, on connaît trop bien la situation explosive qui règne dans cette partie de l'Afrique. Très vite, je comprends, à travers ce message des militaires français chargés sur place des recherches et adressé au plus haut niveau de l'Etat, qu'il s'agit-là d'une affaire d'une importance extrême.

» En effet, le texte est sans appel. Après décodage, voici ce que j'ai lu : *Avons retrouvé un corps sans tête et sans bras... Traces de tortures et de mutilations volontaires évidentes... Avons de bonnes raisons de penser qu'il s'agit de Philippe de Dieuleveult.* ... J'en suis stupéfait, retourné. Encore plus quand je lis la conclusion du message.

» En substance, il est dit que les tortures infligées à Dieuleveult l'ont été par des soldats des troupes angolaises qui suivaient les canots de l'*Africa Raft* depuis un certain temps. Peut-être même, dès le début de l'expédition...

» J'étais bouleversé, stupéfait, sidéré par ce texte que j'ai immédiatement transmis. Et puis, après, très vite, un détail me frappe : ce jour-là, nos supérieurs nous donnent des consignes très strictes. En deux mots : « Silence absolu ». Et j'ai mesuré encore plus l'importance de cette affaire...

» Moi, j'ai ma petite idée sur les raisons qui ont incité mes supérieurs à exiger de nous le silence. En effet, tout le monde connaît l'importance des relations économiques qui unissent la France et l'Angola. Et à la Défense, en ce mois de septembre, on ne tenait pas à voir éclater un autre scandale... »

Une allusion à l'affaire Greenpeace, un scandale qui allait obliger le ministre de la Défense, Charles Hernu, à démissionner.

Le jour même de la parution (1) de ces « révélations », anonymes bien sûr, la réaction du ministère de la Défense ne se fait pas attendre. A 13 heures, la dépêche tombe, nette. Un démenti formel : « Aucun message faisant état de tortures qu'aurait subies Philippe de Dieuleveult par des soldats angolais n'a été reçu au ministère de la Défense le 7 septembre, non plus qu'à une autre date... »

Cette négation formelle n'empêchera pas la presse de s'emparer à son tour de la nouvelle. Au journal télévisé, autant sur Antenne 2 que sur TF1, on parle de cette éventualité. La presse dominicale du lendemain consacre également un large écho à ces rumeurs. L'énigme d'Inga est relancée...

Et le 21 septembre, les recherches de l'armée française à Inga s'achèvent.

Pourtant, peu de temps avant ces nouvelles révélations, l'hebdomadaire *Minute* avait, le premier dans la presse française, rapporté de tout aussi étranges informations concernant la disparition d'*Africa Raft* et une éventuelle piste angolaise. Le 17 août, quelques jours seulement après le drame, le journal d'extrême droite publiait un court article au titre significatif : « Mystère Dieuleveult : un étrange message ». Allégations suivies, avec plus de détails, à la « une » du même hebdomadaire le 16 novembre, sous un titre

(1) *Le Parisien libéré*, 30 novembre 1985.

beaucoup plus accrocheur : « Dieuleveult vivant ? Notre piste… »

« Nous avons beaucoup réfléchi avant de publier, nous avoue Jean Roberto, rédacteur en chef de *Minute*. Vous savez, on ne badine pas sur ce genre d'affaires, c'est beaucoup trop douloureux. Pour nous dès le départ, une chose est certaine, l'expédition n'était pas seulement sportive… » La piste avancée par *Minute* concerne l'Angola. L'hebdomadaire publie un mystérieux message qui aurait été capté par les services d'écoute de Berlin-Ouest. Ce message aurait été adressé au quartier général des forces armées d'Allemagne de l'Est par le commandement allemand de l'Est de l'Angola. Voici son contenu : *Une patrouille de Tigres* (supplétifs katangais) *vient d'interpeller trois agents blancs de Mobutu : deux Français, un Belge. Le matériel radio et photo a été confisqué. Le transport a été détruit. Attendons instructions.*

Date de l'envoi de ce message : mercredi 7 août, soit le lendemain du drame. Si l'on considère le contenu d'un tel message, il ne peut concerner que les occupants du « Françoise », à savoir Philippe de Dieuleveult, Angelo Angelini et le Belge Lucien Blockmans.

Suite à ces « révélations », l'hebdomadaire publie de nouvelles informations, un deuxième message capté dans les mêmes conditions que le premier. En voici le texte donné par *Minute* : « *De I.G. 21 : les trois mercenaires sont de nationalité française au service de Mobutu, d'après nos renseignements. Conformément à vos instructions, ils ont été conduits au quarter général RGK.* »

Minute affirme aussi qu'un « proche de Philippe de Dieuleveult a reçu un appel téléphonique d'une Française qui assure avoir reconnu au cours d'un séjour en Angola, dans un journal local, sur la photo d'un groupe de « mercenaires » capturés par l'armée régulière, le visage de l'animateur d'Antenne 2 ».

En suivant ces dires, on peut donc supposer qu'après avoir débarqué, Philippe et ses deux amis aient été capturés par une patrouille de Tigres angolais et remis à des officiers est-allemands, puis transportés au quartier général *RGK*, lieu non identifiable.

Il se pourrait, toujours selon *Minute*, que l'expédition, au-delà de son caractère sportif, ait aussi comporté un but militaire. Celui-ci pourrait consister à « glisser » à la France quelques renseignements sur les lieux parcourus. Les révélations de l'hebdomadaire se basent sur des rumeurs qui manquent, hélas, d'éléments concrets. « Les éléments d'information que nous avons obtenus (sont) de sources officieuses écrit *Minute*, on nous pardonnera d'être discret. »

Dans ses colonnes, le journal suppose encore que les trois otages pourraient être internés dans l'île de São Tome à 1 500 kilomètres au nord-est de Luanda, la capitale de l'Angola, dans un camp soviéto-cubain où cinq autres prisonniers français seraient déjà détenus depuis 1978. Ou alors encore, beaucoup moins vraisemblable, Dieuleveult et ses deux compagnons auraient pu être transportés au quartier général du général Borissof, patron des forces soviétiques en Afrique, à Addis Abeba en Ethiopie, où ils seraient gardés secrètement.

Quelle pluie d'informations et de renseignements ! Dieuleveult vivant ? Comment ne pas avoir envie d'y croire ? Hélas, les révélations du *Parisien libéré* et de l'ancien fonctionnaire du ministère de la Défense dont nous parlons plus haut, si elles confirment bien la piste angolaise, annulent complètement l'espoir de revoir un jour Philippe et ses amis vivants.

Quant aux deux corps retrouvés dans le fleuve Zaïre, ils cachent toute une histoire et un imbroglio assez macabre.

Le premier corps est retrouvé le 19 août par un pêcheur zaïrois dans les marécages, près de Boma, à la hauteur du fort de Shinkakasa, à 100 kilomètres environ en aval d'Inga. La dépouille est dans un état de putréfaction avancé et complètement méconnaissable. Les autorités zaïroises l'indentifient pourtant comme celle du Belge Guy Colette. Une seule autopsie est pratiquée à Kinshasa. Le corps est rapatrié en Belgique puis aussitôt enterré. Est-ce véritablement le corps de Guy Colette ? Thierry Sadoun, un des organisateurs de l'expédition déclarera : « J'ai été le seul à son enterrement en Belgique. Personne en fait n'a vu son corps. Le cercueil n'a pu être ouvert. L'autopsie au Zaïre a été approximative. Sa famille, contrairement à ce qui a été dit, n'a pas pu l'identifier. Elle a reçu simplement sa chaîne en or. Son corps était-il criblé de balles ? » (1).

Le second corps est découvert le 6 septembre, également par un pêcheur zaïrois, à l'embouchure de la rivière Mpo Zo, près de Matadi. Il mesure 1 m 75, n'a plus de tête ni de mains et est, lui aussi, dans un état de décomposition avancé. Le 10 septembre, un médecin légiste de l'hôpital Mama Yemo de Kinshasa livre le résultat de ses investigations sur ce second cadavre. Son rapport, remis au consulat de France de la capitale zaïroise, conclut que « le corps présenté correspond aux *caractéristiques morphologiques* de Philippe de Dieuleveult ». Il s'agit, affirme-t-on encore, « d'un homme de race

(1) *Le Parisien libéré*, 29 novembre 1985.

blanche, apparemment de taille au-dessus de la moyenne ». L'identification par la dentition n'est évidemment plus possible, le corps n'ayant plus de tête. « On ne peut plus que se baser sur la taille et étiqueter les victimes par élimination » note le médecin légiste, dans un style très direct. « Ainsi donc, poursuit-il, de quatre (sic !) personnes portées encore disparues jusqu'à ce jour, la taille que donne le mesurage anthropométrique, soit un peu plus de 1 m 70, se rapproche le plus de celle de Philippe de Dieuleveult... »

Seul élément certain, la présence d'algues aquatiques dans l'abdomen, permet de conclure à la cause certaine du décès : la noyade. Mais n'est-ce pas un peu prématuré d'annoncer qu'il s'agit du corps de Philippe de Dieuleveult ?

C'est pourtant ce qui se passe ! Le vice-consul de l'ambassade de France, Michel Dupin, envoie dès le lendemain de l'autopsie, par l'intermédiaire de l'Ambassade de France à Riyad, un télex au commandant Jean de Dieuleveult, frère de Philippe, lequel est venu dans l'intervalle passer quelques jours à Paris avant de regagner son poste à Riyad. Voici intégralement le contenu de ce télex :

« Objet : Message urgent à l'attention du chef d'Escadrons Jean de Dieuleveult.

» Je vous serais reconnaissant de bien vouloir, d'une part, informer M. Jean de Dieuleveult que le corps de son frère Philippe a été retrouvé dans le fleuve Zaïre et a pu être identifié aujourd'hui et, d'autre part, lui demander de contacter immédiatement sa famille.

» En tout état de cause, la nouvelle ne sera communiquée à la presse que lorsque M. de Dieuleveult nous en donnera l'autorisation via votre poste, dans les meilleurs délais.

» De plus, le consulat souhaiterait connaître rapidement le lieu d'inhumation en France afin de pouvoir engager la procédure du rapatriement. 111050.-W.N./. (signé) DUPIN. »

Voilà qui est clair. Sur la base d'un corps correspondant aux « caractéristiques morphologiques de Philippe de Dieuleveult », le consulat de France établit, lui, formellement, qu'il s'agit bel et bien du héros de « La Chasse aux Trésors ». Erreur de la diplomatie française ou volonté d'en finir avec cette affaire encombrante ? D'en finir « immédiatement », « dans les meilleurs délais » et « rapidement » pour reprendre les termes du message du vice-consul !

Malgré les affirmations officielles, Jean de Dieuleveult a des doutes. Des conclusions d'une telle certitude à partir d'un cadavre mutilé laissent songeuse la famille Dieuleveult.

Le 22 septembre, le corps est rapatrié en France. Direction : l'institut médico-légal. Une contre-autopsie dans les règles s'impose. Dès le lendemain, les docteurs André Deponge et Raymond Martin procèdent à l'examen du cadavre déjà répertorié sous le numéro 2746. Les médecins légistes mandatés passent pour être parmi les meilleurs de la profession. Leurs conclusions ne peuvent être prises à la légère. Pour eux, « il est possible *d'exclure formellement* que le corps qui leur a été présenté soit celui de Philippe de Dieuleveult ».

Il n'est même plus possible de dire s'il s'agit d'un homme ou d'une femme, pire, s'il est de race blanche ou de race noire. Le rapport des deux médecins est précis. La famille de Dieuleveult leur a confié d'anciennes radiographies de Philippe. Il s'était cassé la clavicule étant enfant et avait subi l'opération de l'appendicite ! Deux lésions que le cadavre retrouvé ne présente pas !

Alors, pourquoi a-t-on affirmé — sciemment ? — que le cadavre repêché dans le fleuve Zaïre était celui de Philippe de Dieuleveult ? A-t-on voulu classer l'affaire ? Dieuleveult mort ne présente plus d'intérêt pour personne et cette solution peu contenter pas mal de parties. Dieuleveult disparu ne cesse de susciter les curiosités et de relancer les débats sur les circonstances de sa disparition. A trop fouiller les remous du fleuve, d'autres tourbillons pourraient affirmer leur violence et faire émerger quelques vérités.

Des soupçons vont bien vite se porter du côté du Zaïre, mettant en cause les gendarmes zaïrois. Et si c'était une bavure ? Jean-Louis Amblard, rescapé de l'expédition fait part de son témoignage et de ses certitudes dans les colonnes de *Paris Match* (1). L'hebdomadaire joue serré. Jean Durieux adresse une « Lettre au président Mobutu » dans le même numéro, sans aucun détour. « Vous qui savez... » lui lance le journaliste, « il va falloir répondre. Et parler vrai. ».

Mobutu répond. Mais fort d'une logique déconcertante, sa « réponse » à *Match* (2) se résume en une de ces petites phrases dont il a le secret : « Dieu n'a pas voulu que les radeaux franchissent les rapides... Voilà, c'est tout. » Ses arguments de défense ? « Mes soldats n'ont pas tiré une seule cartouche », « je suis comme vous, je ne sais rien, absolument rien ». A Jean Durieux qui lui fait remarquer très justement qu'il y a des témoins qui ont vu des hommes vivants échoués sur une petite plage, Mobutu répond : « Où sont-ils

(1) *Paris Match,* 13 décembre 1985.
(2) *Paris Match,* 20 décembre 1985.

ces visionnaires ? On a parlé d'ingénieurs zaïrois, d'un missionnaire américain avec des jumelles... Disparus, envolés ! Je les ai faits rechercher. On ne les retrouve pas. Existent-ils ? Je vous le demande ! » Pourtant, cet ingénieur zaïrois existe. Il s'appelle Tunasi Atanga et Mobutu doit bien savoir que ce n'est point une vision puisque lui-même proposera à Me Jean Lafon de le rencontrer quelques semaines plus tard.

Le président Mobutu Sese Seko multiplie, on s'en rend compte, les déclarations ambiguës. Il a tenu à accueillir les épouses de Richard Jeannelle et de Philippe de Dieuleveult chez lui, au Zaïre. Me Jean Lafon, avocat des deux épouses, s'est déplacé avec ses clientes à Kinshasa, au début du mois de janvier 1986. Pour cet homme de droit, les causes « sont difficiles à établir ». Il nous a reçu dans son étude, boulevard Voltaire à Paris et a bien voulu évoquer son séjour africain : « Je suis allé moi-même, à la demande du chef de l'Etat, au Zaïre. J'avais émis deux conditions. La première, que je puisse aller où je voulais, la seconde que je puisse interroger qui je voulais. Le gouvernement zaïrois a été d'une totale honnêté et d'une grande courtoisie. Il nous a tout facilité. J'ai donc invité mes deux clientes à venir avec moi, à savoir Madame Chantal Jeannelle d'une part, et Madame Diane de Dieuleveult d'autre part. J'ai également rencontré Madame Bastos, l'épouse de Nelson Bastos, autre disparu de l'expédition, qui m'a demandé de m'occuper aussi de ses intérêts. Nous sommes allés partout. Nous avons vu tous les gens que nous voulions voir. L'hélicoptère personnel du président Mobutu était à notre disposition et nous avons été une première fois à Inga pendant trois heures et demie et une deuxième fois pendant une demi-heure. J'ai demandé à faire poser l'appareil là où je voulais. J'ai demandé au pilote d'aller dans des endroits précis que je lui désignais du doigt. Je l'ai prié de faire des vols stationnaires, de façon à mieux repérer. Et je lui ai demandé, au risque d'ailleurs d'un très grand danger, de s'approcher le plus possible des eaux. Il l'a tellement bien fait qu'à un moment donné nous avons même senti l'aspiration des flots. Avec mes clientes, j'ai donc pu me rendre compte que les rapides d'Inga étaient des rapides exceptionnels. J'ai fait quatre fois le tour du monde, je connais parfaitement bien les rivières les plus dangereuses. Je n'ai jamais vu un fleuve d'une fureur et d'une fougue semblables. C'est quelque chose qui dépasse l'entendement. »

Et l'attitude du président Mobutu ? « J'ai non seulement rencontré le président Mobutu, poursuit Me Lafon, mais il a été d'une grande courtoisie. Il nous a reçu en audience tout à fait solennellement dans sa résidence au nord de l'équateur et il a précisé que toutes les instructions et les demandes que formulerait Me Lafon seraient et devraient être considérées dans son entourage comme des ordres donnés par lui. C'est vous dire qu'il me donnait vraiment toute facilité pour conduire mes clientes où que ce soit. Il nous a gardés à déjeuner et lors de ce repas assez long nous nous sommes entretenus de tous les détails. A la fin de notre séjour, il a voulu nous recevoir une seconde fois pour les adieux. Il était à ce moment-là dans sa capitale, à Kinshasa. Il avait reçu le matin 2 500 poignées de mains pour les vœux et était fort fatigué. Il n'avait pas de raison de nous revoir le soir. La courtoisie a voulu qu'il nous réserve une audience pour nous dire adieu et mieux encore, il a décidé de nous garder intimement à dîner — ce qui a suffoqué tout le monde, y compris son entourage — en compagnie de notre ambassadeur de France. »

Me Jean Lafon nous a ensuite précisé qu'il excluait l'hypothèse de la bavure militaire zaïroise : « C'est un phénomène qu'il convient maintenant désormais d'éliminer. Je dis bien vraisemblablement d'éliminer. »

Mais, au cours de son séjour au Zaïre en compagnie de ses deux clientes, Me Lafon a-t-il rencontré l'ingénieur zaïrois, l'un des témoins importants du drame ? « C'est le seul, nous répond l'avocat, l'un des seuls que nous n'ayons pas pu voir car il était malade. On m'a même proposé de le rencontrer chez lui à Kinshasa. J'ai trouvé que c'était inutile après avoir entendu les autres témoins sur place. »

***

Qui est donc ce président Mobutu dont on parle tant ? Arrêtons-nous quelques instants à la destinée, tout à fait singulière, du chef de l'Etat de la République du Zaïre qui serait, selon la revue américaine *Fortune*, l'homme le plus riche du monde ! Sa fortune personnelle s'élèverait, en effet, à plus de 60 milliards de dollars ! Mobutu s'en défend avec véhémence : « Laissez-moi rire ! C'est méchant de dire cela d'un chef d'Etat africain qui est là non pas pour s'enrichir mais pour servir son pays, son peuple (1) ».

Comment devient-on l'homme le plus riche du monde si on n'a aucune fortune ? Comment devient-on « père de la Nation », « grand timonier » et « guide suprême du peuple » ? La destinée du président Mobutu, pas en reste

(1) « Journal inattendu » sur les ondes de RTL, 14 décembre 1985.

vis-à-vis du culte de la personnalité, ressemble peut-être à l'étrange mise en scène qui se répète chaque soir sur les écrans de télévision de son pays, avant les actualités télévisées : des nuages passent sur l'écran et l'on découvre progressivement une figure céleste, celle du général Mobutu Sese Seko ! (1).

Cette figure céleste est née à Lisala, le 14 octobre 1930 d'un père cuisinier et d'une mère qui, paraît-il, se serait échappée du harem d'un grand chef de la région. A son baptême, le futur chef d'Etat a reçu les prénoms de Joseph-Désiré et le nom d'un oncle, Mobutu, guerrier féticheur. Etudes sans histoire, chez les pères et les frères d'écoles chrétiennes. C'est à l'âge de 20 ans que Mobutu s'est enrôlé dans la force publique. Comptable adjoint, on l'envoie se perfectionner en secrétariat et comptabilité jusqu'en 1953. Trois années plus tard, il se destina au journalisme en collaborant à *Actualités africaines* et à *L'Avenir*, un journal colonialiste de Léopoldville, voix très officielle de la Belgique paternaliste d'alors.

C'est le 28 décembre 1958 que Mobutu, sous l'influence de l'illustre Patrice Lumumba, est devenu membre du M.N.C., le Mouvement national congolais. Il trouva la possibilité de faire un stage de journaliste à *Inforcongo* à Bruxelles et s'envola aussitôt pour la Belgique où, dans le même temps, il devient le représentant du parti de Lumumba. Étape importante dans la vie du futur « père de la Nation » puisqu'il semble que, très vite, Mobutu travailla pour les services secrets américains. Fait confirmé par de nombreuses personnes, notamment par Andrew Tully, l'historiographe

(1) Selon Jean de la Guérivière, *Le Monde*, 24-25 février 1974.

officiel de la Maison-Blanche et de la CIA, qui a écrit en 1962 que, « sans peur de se tromper, Mobutu fut *découvert* par la CIA ».

Rien de tel pour activer la marche vers le pouvoir d'un Mobutu ambitieux qui bien vite s'est opposé aux idées marxistes-léninistes de son ami Patrice Lumumba.

Lumumba a joué un rôle prépondérant dans la lutte pour l'indépendance du Congo belge. Devant les émeutes provoquées par ses critiques, le Gouvernement belge a été contraint de donner au Congo une constitution devant amener graduellement le pays à l'indépendance. Au cours d'une « table ronde » tenue à Bruxelles en janvier 1960, entre Belges et Congolais, la situation s'est détériorée et l'Indépendance a été accordée et proclamée officiellement le 30 juin 1960. Patrice Lumumba fut nommé premier ministre et Kasavubu président. Le pays est tombé rapidement dans une crise profonde due surtout aux rivalités tribales. La situation s'est aggravée en juillet 1960 : la sécession du Katanga et du Sud Kasaï, deux régions en révolte, le massacre de Blancs, la fuite des colons européens. Le pays s'effondrait économiquement. Une force armée des Nations Unies a dû intervenir pour empêcher le pays de sombrer dans l'anarchie. Mobutu est alors entré en scène. Patrice Lumumba, l'ami, le frère de Mobutu, et surtout l'homme qui a contribué à faire de lui un futur souverain, a été assassiné en janvier 1961 dans des circonstances restées mystérieuses. Dans le courant du mois de novembre 1965, Mobutu élimina Kasavubu et prit alors le pouvoir à sa place.

La mort de Patrice Lumumba divise l'opinion. Est-ce Mobutu qui ordonna son arrestation, puis son exécution ? Ce que l'on sait en revanche, c'est que bien qu'ayant « chassé »

Lumumba, Mobutu le proclama « héros national ». Un grand boulevard de Kinshasa porte aujourd'hui son nom. Cette consécration par Mobutu d'un homme dont il a contribué à faire un martyr laisse quelque peu songeur. Il semble d'ailleurs aujourd'hui solidement établi que la CIA n'ait pas été étrangère à l'ascension de Mobutu Sese Seko, devenu farouchement anticommuniste depuis qu'il est à la tête du Zaïre, lui qui fut pourtant marxiste aux côtés de Patrice Lumumba. Mais en Afrique — et partout ailleurs — de tels paradoxes n'étonnent personne, tant ce genre de « procédés » sont courants.

On le voit, la trajectoire de Mobutu est un gigantesque jeu de l'oie aux dimensions africaines : on avance, on recule, on élimine.

L'Etat, c'est lui, Mobutu Sese Seko Kuku Ngbendu Wa Za Benga. Il est « intelligent en diable, plus malin qu'un ouistiti, psychologue né ». C'est Arthur Conte qui l'écrit, et il sait de quoi il parle... (1)

Depuis 1965, date de son avènement à la tête de l'Etat du Zaïre, le maréchal Mobutu réussit à maintenir l'un des régimes les plus longs de l'histoire africaine. Le style impérial. La tête haute. La mine sévère. Le pas ferme. Il agit en militaire, respectueux des traditions. Il faut que ça marche. Et ça marche. En apparence seulement.

(1) Dans *Les dictateurs du xxe siècle* par Arthur Conte, Editions Robert Laffont, 1984, p. 87.

III

RÉALITÉS ZAÏROISES

Feuillets détachés d'un carnet d'impressions

« Un homme qui ne sait ni voyager ni tenir un journal a composé ce journal de voyage. Mais, au moment de signer, tout à coup pris de peur, il se jette la première pierre. Voilà. »

Henri Michaux

Ecuador, 1928.

Note

Je publie ici quelques notes, très personnelles, de mon enquête au Zaïre. Elles n'apportent pas vraiment d'éléments nouveaux. Mais ces notes illustrent une certaine réalité zaïroise.

*
**

Dimanche

L'aéroport international de N'Djili-Kinshasa. Le voyage commence toujours par un aéroport. Celui-là est peut-être un peu différent des autres dans la mesure où le « matabich » y fait recette plus que partout ailleurs. Jamais, je n'avais vu ça (sauf peut-être au Nigeria). A chaque contrôle, hop, cinq dollars par-ci, hop, cinq dollars par-là. Et un Noir qui rôde : « Bienvenue au Zaïre, *patron*... » Le complexe du brave petit colon Blanc, ça peut commencer déjà ici. Vous dites ? *Patron ?* Il est vrai qu'on est toujours l'esclave de quelqu'un ou de quelque chose !

Lundi

Première « sortie » à Kinshasa, via le ministère de l'Information, pour régler ce qu'on m'a assuré n'être qu'une simple « formalité » : l'autorisation de me rendre à Inga et de photographier au Zaïre. Le chargé de presse est très gentil, mais pas très compréhensif : « Il faudra du temps, vous savez, c'est long... » Pourtant, le Citoyen Sakombi, ambassadeur de la République du Zaïre à Paris, et son secrétaire, le Citoyen Dema, m'avaient persuadé du contraire. Il semble qu'ici on n'est pas très au courant. Paris ? C'est loin...

Mardi

Hier soir, un chauffeur de taxi m'a parlé des rapides d'Inga et de l'expédition de Philippe de Dieuleveult.

— Ils ne sont pas morts noyés ! C'est faux ! Moi, je connais la vérité...

Je frémis. Voilà bien le seul citoyen du Zaïre à penser et dire une telle chose !

— Oui, poursuit-il, l'île des Hippopotames où les Français ont débarqué la veille pour dresser leur bivouac est hantée par les démons ! Qui y pénètre est un homme mort ! C'est notre croyance africaine. Ils ont violé l'île, ils ont payé pour ça !

Voilà une hypothèse encore jamais envisagée. Les dieux et les croyances étant ce qu'elles sont, l'impossible est devenu rationnel dans un pays qui manque pourtant beaucoup de logique et ne cesse de déconcerter. Ceci expliquant cela...

Nouvelle visite au ministère de l'Information. Mon dossier se promène auprès d'une autre instance et doit suivre à un autre endroit.

Mercredi

« On ne joue pas avec le fleuve... »

Le chauffeur de taxi, un Zaïrois minuscule qui, ce jour-là, me conduit vers le fleuve, à la sortie de Kinshasa, n'arrête pas de me le répéter. Il finit par m'agacer. Son fleuve par-ci, son fleuve par-là ! Et la route — une route ?— lui aussi ne devrait pas trop « jouer » avec. Aussitôt pensé... un trou, un trou sur la route un peu plus gros que les autres et le pneu arrière droit du taxi complètement éclaté. Le Zaïrois rigole : « Mais patron, c'est le Zaïre ». C'est vrai, j'avais déjà oublié... Au Zaïre, l'imprévu ne tient qu'à un fil. Mes espoirs basculent. Devant la futilité d'un pneu crevé, je frémis. C'est vrai qu'ici, on ne joue avec rien. Même plus avec les Zaïroises depuis qu'elles filent le SIDA, à ce qu'il paraît...

Les aventuriers d'*Africa Raft* eux, étaient porteurs d'un sale virus de tout autre nature : la passion. Cette vieille dame ingrate pour laquelle on se lance dans n'importe quelle aventure, pour qui on relève les défis.

Pourtant, les rapides de Kinshasa que je mange des yeux ont été le théâtre d'un triomphe de deux équipages malgré les flots agités. Une montagne de difficultés réputées infranchissables, tout comme les rapides de Kongolo, bien avant Kinshasa, et ceux d'Inga, un peu plus en aval...

Le chauffeur de taxi, assis au bord du fleuve, continue de parler. A lui, à moi, au fleuve. Une belle image. L'humain devant l'élément. C'est moi, maintenant, qui rigole : « Ici, tu sais, ils sont passés ! » Le Zaïrois devenu patriarche lance alors avec sagesse, une main tendue vers les eaux : « Eh bien, ils sont forts, très forts... »

C'est vrai, j'avais déjà oublié, on ne joue pas avec le fleuve.

Jeudi

Nouveau téléphone avec le ministère. Toujours pas d'autorisation. Demain, demain, toujours demain !

L'Etat, c'est lui. Le culte réservé au Citoyen Président fondateur du M.P.R. et « père Soleil » dépasse tout ce qu'on peut imaginer. Partout, des portraits du chef de l'Etat : dans les magasins, les hôtels, les restaurants, les édifices publics, l'aéroport, etc. En outre, il est vivement recommandé à chaque citoyen d'en posséder un. « Ce n'est pas obligatoire, mais c'est préférable », me confie un Zaïrois.

Les brochures et les livres déifiant le « guide suprême du peuple » abondent. Le culte de la personnalité du président passe avant même les intérêts du pays, semble-t-il. Mobutu, l'homme qui règne sur plus de 30 millions de Zaïrois, s'appelle de son vrai nom : Mobutu Sese Seko Kuku Ngbendu Wa Za Benga. Les trois derniers mots signifient à eux seuls : « guerrier puissant qui laisse le feu sur son passage et va irrésistiblement de conquête en conquête ».

Dictateur, Mobutu, c'est certain. Mais Mobutu, dans ce style qui lui est propre, balaie toutes les critiques en deux phrases : « Mais comment voulez-vous diriger ce pays sans autorité ? Savez-vous que nous avons ici plus de quatre cent cinquante ethnies ? »

Vendredi

Via le ministère. Bonjour, au revoir et toujours la même réponse : patience, patience ! Jusqu'à la perdre pour de bon !

Furieux devant l'attente constante de photographier et y être autorisé, je décide de tenter tout de même de prendre quelques clichés à la dérobée, au centre de la ville de Kinshasa : uniquement quelques clichés touristiques. Au ministère, on m'a verbalement confirmé que c'était autorisé. Clic, le boulevard du 30-Juin, clac, l'Hôtel Memling. Quand soudain un policier s'approche de moi : « Monsieur, c'est interdit de photographier. Vous le savez, n'est-ce-pas ? Avez-vous une autorisation ? » Calmement, je pars dans des explications incroyables. Le papier officiel doit m'arriver sous peu et j'ai reçu verbalement l'autorisation du ministre de réaliser quelques photographies à Kinshasa. Le flic est nerveux, beaucoup trop nerveux.

— Ouvrez votre appareil et donnez-moi votre film... me dit-il.

Je le prends au mot :

— Vous voulez bien que j'ouvre mon appareil ?

— Oui, s'il vous plaît.

Sous ses yeux, je tire donc le poussoir et ouvre le boîtier.

— Mais non ! m'interrompt l'agent. Vous avez voilé le film !

— Citoyen, vous m'aviez bien demandé d'*ouvrir* mon appareil, n'est-ce pas ? Donc, je l'ai ouvert sur vos ordres.

L'agent devient vert. Je lui tends la bobine, il ouvre sa main pour aussitôt la retirer et laisser la bobine tomber sur le sol, devant une foule de badauds qui déjà nous encercle. Détail important : l'agent ne manquera pas de m'accuser plus tard de lui avoir manqué de respect en jetant violemment, paraît-il, la pellicule à ses pieds. C'était bien sa revanche.

Conduit aussitôt, sous bonne escorte, au poste de police de la ville de Kinshasa, je dois refaire les mêmes gestes devant un lieutenant suspicieux. Cela n'a pas l'air de l'amuser beaucoup, moi non plus. Je crains déjà le pire devant la nervosité et la violence de leurs propos. On me conduit alors de bureau en bureau. On ne me demande même pas de m'expliquer. On me questionne sur des détails insignifiants. Je parviens quand même à leur expliquer que je suis en règle, l'autorisation de la *Voix du Zaïre* et du conseiller de l'Information devant tomber sous peu. Mais cela ne suffit pas. D'autant plus que l'agent qui m'a surpris en flagrant délit revient toujours à charge. Je l'ai offensé en jetant la pellicule à ses pieds.

Je m'énerve, moi qui suis resté très calme durant plus de trois heures. Je n'ai rien à perdre. Je m'énerve et grogne, poliment :

— Bon, écoutez, ça suffit maintenant ? Si prendre des photographies est quelque chose de si compliqué, expulsez-moi du Zaïre sur-le-champ, si c'est votre idée. C'est très simple, un avion de la Sabena décolle ce soir. Plutôt que d'éplucher ma vie comme un oignon, sur des détails, jusqu'à minuit, sans parvenir à un résultat. Nous gagnerons tous du temps, vous et moi. Mais permettez-moi de remarquer que vous avez, ici au Zaïre, une conception de la liberté d'expression et d'information très particulière !

Le lieutenant désigne alors furieusement du doigt le pauvre agent de « l'ordre » qui n'avait cessé de vitupérer contre moi, et lui ordonne, en ingala, de quitter les lieux. Le flic claque les talons, salue son supérieur et s'en va. Non sans avoir eu le temps de me lancer un regard furieux et meurtri. Moi qui l'avait soi-disant offensé, c'est lui qui, maintenant, est atteint.

Apparemment, personne dans le bureau n'a été insensible à ma réaction violente mais contrôlée dans les termes. Mon lieutenant commence à se détendre et à sourire :

— Comprenez-vous, cher ami, notre pays doit obéir à certaines règles. Vous savez sans doute que partout il y a des choses qu'il est interdit de photographier, les zones militaires plus particulièrement.

Je souris. J'ai presque envie d'ajouter : les décharges à ordures, les maisons en ruines, les scènes de rues un peu trop violentes, bref, tout ce qui peut être nuisible à la bonne image du Zaïre...

Mon interlocuteur m'explique que j'ai peut-être pu photographier des ouvrages militaires sans le savoir. Je lui présente mes excuses si une telle éventualité s'est produite, à mon insu bien sûr, et lui fais remarquer en souriant que la tour Eiffel, le monument le plus photographié de France, possède peut-être, à son sommet, des antennes militaires. Et qu'en France, la liberté d'expression et de photographier est totale. Il paraît étonné, mon lieutenant. Il se montre de plus en plus compréhensif.

— Mais, me dit-il, vous avez toujours l'intention de vous rendre à Inga, n'est-ce pas ?

— Bien sûr !

— Écoutez, cela peut s'arranger très vite.

Peu après, un militaire fait son entrée dans le bureau. Il m'invite à le suivre, sans m'en dire plus. Devant le bâtiment, une jeep stationne. « Montez... » On démarre. Après un bon quart d'heure de route, je me retrouve dans un autre bureau. Encore un autre. Celui-là est encore plus folklorique que les autres. Celui qui m'interroge un peu moins. C'est un militaire de l'A.N.D., les services... disons *spéciaux*. Allons bon ! Suis-je vraiment là pour deux photographies prises à Kinshasa ? Eh oui ! On m'interroge. Et une fois de plus, je réponds : la pluie, le beau temps et les jolies filles. Enfin presque ça, les questions sont tellement en dehors du sujet ! Enfin, on me parle d'Inga. Pourrais-je m'y rendre ? On téléphone au général : celui-ci prie son interlocuteur de me transmettre qu'il serait « vraiment grave » que je ne puisse me rendre à Inga. Evidemment, les nouvelles vont vite. Le téléphone a dû joliment fonctionner pendant le déplacement en jeep. Est-ce mes remarques sur la liberté de presse au Zaïre qui ne sont pas tombées dans des oreilles de sourd ? Pourtant, même le président Mobutu avait déclaré que « tous » les journalistes étaient les bienvenus au Zaïre et plus particulièrement à Inga.

Le lieutenant raccroche le combiné. « Demain, me dit-il, vous obtiendrez l'autorisation. Cela ne pose plus aucun problème désormais. » Je le rends attentif au fait que mon départ est fixé à dimanche et que je ne le retarderai que si j'ai une garantie formelle.

Tout sourire, presque radieux, le lieutenant me fait ensuite reconduire à mon hôtel. En prenant congé, il me tape sur l'épaule : « Dites, c'est comment la France ? » Après quelques mots, il ajoute doucement : « Soyez prudent désormais... »

J'ai bien compris et retenu la leçon.

Samedi matin

Le téléphone a enfin sonné.

— Vous n'irez pas Inga...

La voix est ferme, le ton sans ambages. Mon interlocuteur, dont je ne saisis pas l'identité, n'évoque aucune raison. Très bien. Je réponds :

— Au revoir et... merci quand même !

Le bilan de mon séjour est désormais bouclé. En peu de jours, il est aisé de constater que le Zaïre souffre d'une complète désorganisation et d'un manque évident de coordination entre ses différents services. « C'est l'Afrique, il faut la laisser dans sa m.... » a dit un jour une soi-disant mauvaise langue.

Avant mon départ, l'Ambassade du Zaïre m'avait assuré que je pourrais circuler librement au Zaïre en me garantissant que la demande d'autorisation d'Inga n'était plus qu'une simple formalité d'usage à accomplir sur place. On m'avait même laissé entendre que le président était personnellement informé de ma venue et qu'il était disposé à me recevoir — je lui avais même écrit personnellement.

Pas d'Inga ! Pas de Mobutu ! « Parole d'africain, parole de vilain ! » C'est un Français de Kinshasa qui me l'a lancé hier soir, dans un bar. C'est vrai aussi que les Européens vivant au Zaïre ne sont pas tendres dans leurs plaisanteries sur le régime. « Mobutu ? Il est blanc dans tout ce qu'il fait... » Le mot circule souvent... mais chut ! On redemande un demi et on passe à autre chose.

La République du Zaïre veut incarner un souffle nouveau de liberté. Mais dans le rapport d'*Amnesty International*, le Zaïre figure en bonne place à côté du Chili ou de Cuba. Seule différence avec ces pays latino-américains, le Zaïre, lui, essaie d'être plus habile. Beaucoup de contacts et d'échanges avec la France et la Belgique, les pays « frères », les amis !

Pas d'opposition politique au Zaïre. Ça n'existe pas, paraît-il. Un parti unique : le M.P.R. (Mouvement Populaire de la Révolution). Seul défenseur des droits du peuple : l'Eglise souvent condamnée au silence et aux remords d'en avoir déjà trop dit. Le correspondant de l'Agence France Presse à Kinshasa s'est fait récemment « expulser » du territoire zaïrois. Il avait cherché à approcher l'opposition clandestine. Laquelle, paraît-il, n'existe pas. Or, donc...

La corruption est omniprésente à Kinshasa. Le « matabich » marche bien, très bien. Merci patron !

Au poste de police, l'autre jour, j'ai vu des policiers passer à tabac un détenu avec une violence nullement dissimulée. Evidemment, les photos étant interdites partout, on peut facilement se faire accuser de menteur ! Au B 2, où l'on m'a conduit ensuite, j'ai vu un tas de vieux fusils rouillés, complètement hors d'usage, pendant qu'un militaire montrait à son chef le pistolet qu'il venait de nettoyer. Tout cela, dans un désordre incroyable, irréel. On me baladait de bureau en bureau, de sous-chefs en chefs, de lieutenants en général et encore, cette « promenade » ne semblait pas vraiment répondre à un ordre « hiérarchique ». A chaque interrogatoire, je devais recommencer ce que j'avais dit cinq minutes plus tôt. Infernales, ces heures de patience ! On téléphonait au ministère pour vérifier la véracité de mes propos. Comme le téléphone ne fonctionnait pas, on envoyait un homme de confiance directement sur place, lequel revenait une heure plus tard, même si le ministère n'était qu'à 150 mètres de là...

A la *Voix du Zaïre*, building très officiel de l'Information, récemment construit par les Français, deux ascenseurs sur huit fonctionnent. Et encore, à partir du seizième étage, il faut continuer à pied par les escaliers, jusqu'au dix-huitième...

Du très sérieux Hôtel Intercontinental, le plus luxueux de Kinshasa, impossible d'envoyer un télex sur l'Europe. Téléphoner ? On n'essaie même plus. Réparer ? Il faut de l'argent...

Des détails, certes. Mais accumulés, cela fait quand

même beaucoup pour un pays résolument penché vers le modernisme.

Le Zaïre, pourtant, a toutes les cartes en main pour gagner son formidable pari, mais il ne les jette jamais au bon moment. A force de « demain » et de « on verra », beaucoup de « citoyens amis étrangers » ont perdu patience et sont partis, laissant en jachère des richesses naturelles inexploitées par découragement et bras (trop vite ?) baissés.

La police, elle, fonctionne. Mieux que le téléphone. Elle assure la sécurité intérieure de l'Etat.

Devant un tel constat, on ne peut que frémir. Le manque de coordination entre les différents services et les moyens de télécommunications éternellement défectueux expliquent aisément pourquoi, le 6 août 1985, à Inga, un télex est arrivé trop tard ou n'a pas été lu. Autant de réalités en pleine figure, assénées à fortes doses, renforcent en moi l'idée d'une bavure militaire expliquant peut-être la disparition de Philippe de Dieuleveult et de ses camarades.

Le refus des autorités de m'accorder la permission de me rendre à Inga me laisse songeur. Cache-t-il quelque chose ? Si la thèse de la noyade était aussi évidente que cela, les autorités zaïroises agiraient-elles de la sorte ?

Des gendarmes ont effectivement pu tirer, le 6 août au matin à Inga, le long du fleuve Zaïre, au passage du « Françoise » (et peut-être du « Godlieve »). Mais vu la largeur du fleuve et la compétence des tireurs, les gendarmes étaient-ils capables d'atteindre leur cible ?

Samedi après-midi

Départ en jeep, en brousse, avec un ami français. Direction : les rapides de Kinshasa. Nous roulons une heure et demie à travers les petits villages, les pistes et la végétation d'un vert éclatant avant d'atteindre une plage. Nous rencontrons un pêcheur, au bord du fleuve. Il a vu passer Philippe de Dieuleveult. L'équipage lui a fait signe. Le pêcheur a répondu. D'autres indigènes que nous rencontrerons sur le chemin ont également observé les rafts.

Comment expliquer que sur cette partie-ci du fleuve, de nombreux Zaïrois aient aperçu les radeaux alors qu'aux abords d'Inga, le 6 août, plus personne n'a rien vu. Dans une région où la vie s'organise autour du fleuve majestueux, cette absence de témoins est quand même curieuse, voire anormale.

Dimanche

Retour sur Paris, 10 heures de vol. L'enfer de N'Djili. Je passe la frontière et les contrôles sans y laisser trop d'argent. Je m'en tire à très bon compte. Il n'en sera pas de même pour mon voisin, qui lui a dû distribuer plus de 40 dollars U.S.

*Philippe de Dieuleveult (*à l'extrême droite*) lors de « La Course autour du monde », en 1977. Premières armes dans le reportage. La passion prendra le dessus. (*Antenne 2/Document Noëlle Bourgeon*)*

Avec Michel Drucker sur les ondes d'Europe 1 pour le lancement de son disque « Los Angeles 84 ». (Interpress)

*Envol pour une heure d'évasion. (*Interpress*)*

«Allô Paris, nous sommes prêts». (Interpress)

*Quelques minutes après la fin du tournage de « La Chasse aux Trésors ». (*Interpress*)*

*Féru de parachutisme, Philippe lors d'un entraînement. (*Interpress*)*

*« La Chasse aux Trésors » au Cirque de Gavarnie. (*Interpress*)*

*«Ça y est, je l'ai trouvé!» Le sourire de la victoire… (*Interpress*)*

*Fidèle à son journal de bord, Philippe rédige ses souvenirs dans l'avion qui le ramène d'un de ses voyages au bout du monde. (*Interpress*)*

Philippe de Dieuleveult participe à un rallye de vedettes, dans le Midi de la France. (Interpress)

*Pan dans le mille! (*Interpress*)*

*Plongée sous-marine lors d'une « Chasse aux Trésors » à Cuba. (*Interpress*)*

*Un des premiers portraits « officiels ». (*Interpress*)*

*Moment de détente à La Havane. (*Interpress*)*

*Avec Marie-Christine Debourse du service des sports de TF1. (*Interpress*)*

*Père de famille heureux. (*Interpress*)*

Bain de foule, entouré de ses fans, en Suisse où il est venu présenter son autobiographie, « J'ai du ciel bleu dans mon passeport », paru aux Editions Grasset. (Photo Roger Meier)

Un regard vers l'aventure. (Interpress)

Entraînement sur l'Allier avant l'expédition Africa Raft. *(*D.R.*)*

Le barrage hydro-électrique d'Inga. (AFP)

Une partie des rapides d'Inga. (AFP)

Philippe de Dieuleveult sur le fleuve Zaïre. (Kipa)

Le « Françoise » retrouvé intact. (AFP)

Le «Françoise». (AFP)

L'épave du «Godlieve» retrouvée non loin de l'île des Hippopotames, au début des rapides. (AFP)

La chaussure antidérapante de Guy Colette. (AFP)

Tunasi Atanga, ingénieur au barrage d'Inga et témoin clef, a vu trois hommes débarquer du «Françoise». (AFP)

François Laurenceau (à gauche) et Jean-Louis Amblard, les deux rescapés de l'expédition qui, au matin du 6 août, décidèrent d'abandonner, face à Inga. (AFP)

Equipe de recherches. (AFP)

Le 22 août, Jean de Dieuleveult, le frère de Philippe, arrive à Inga. (AFP)

IV

THÈSES ET HYPOTHÈSES

La disparition, le 6 août 1985, de Philippe de Dieuleveult et de ses compagnons dans les rapides d'Inga ne cesse, on l'a vu, de poser des interrogations. Thèses envisageables et complètement extravagantes s'affrontent.

Mais que s'est-il donc passé à Inga ?

1) Les membres de l'expédition *Africa Raft* sont-ils morts noyés, comme beaucoup le pensent encore, dans les tourbillons du fleuve Zaïre, victimes de ses difficultés et de ses pièges ?

2) Ont-ils été victimes d'une « bavure » de l'armée zaïroise, active dans cette région d'importance stratégique en raison de son gigantesque complexe hydro-électrique, le barrage d'Inga ? Une région sujette aux menaces de l'Angola et aussi de la plus lointaine Libye. Dans l'affirmative, les occupants du « Françoise » et du « Godlieve » ont-ils été touchés par balles ? Ou ont-ils pu accoster et fuir ?

3) Ont-ils été capturés par des « éléments » angolais puis exécutés ? Ou ont-ils été faits prisonniers ? Sont-ils vivants ? Sont-ils morts (alors, où sont leurs corps) ? Existe-t-il réellement des négociations secrètes du gouvernement français pour obtenir leur libération ?

4) Ont-ils été « enlevés » par un commando libyen ? Bien que peu vraisemblable, cette dernière hypothèse est fondée sur les menaces du colonel Khadafi envers le Zaïre — quelques jours avant la disparition d'*Africa Raft* — et son président, le maréchal Mobutu.

Quel crédit apporter à toutes ces hypothèses ? Les trois premières sont *toutes* plausibles. La quatrième paraît plus fantaisiste, mais elle se doit de figurer ici, d'autant plus que c'est Me Jean Lafon, avocat de Mmes Dieuleveult et Jeannelle qui, le premier, a fait état de cette possibilité.

D'autres questions prolongent ces quatre hypothèses :

— Quel rôle joue la République du Zaïre, pays hôte de l'expédition et surtout son président, Mobutu Sese Seko ?

— Le gouvernement français a-t-il réellement dit *tout ce qu'il savait* sur cette triste affaire ?

Il convient de parler clairement. Pas facile. Comment être rationnel ? Trop de témoignages manquent. Mais des certitudes existent. Elles étaient présomptions et convictions, permettant de raisonner logiquement, dans la mesure où cela reste possible. Exercice difficile, surtout quand les événements se déroulent sur un terrain — l'Afrique — où rien ne se présente comme on s'y attend.

La noyade

Une noyade collective : c'est de loin l'explication la plus simple et qui, de surcroît, semble contenter pas mal de parties.

L'énorme débit du fleuve, la violence de ses rapides, la

découverte du corps d'un membre de l'expédition, celui de Guy Colette, décédé par noyade, sont les seuls éléments tangibles confirmant cette thèse.

Roland Dumas, ministre des Relations extérieures, déclare, à la tribune du Sénat le 17 décembre 1985, que « la thèse du naufrage reste la plus plausible », en réponse à une question orale du sénateur des Yvelines, Louis de Catuelan, qui s'inquiète et demande « si les différents éléments de cette affaire peuvent, à son sens, laisser planer un doute sur le sort de Philippe de Dieuleveult et de ses amis ».

Thierry Sadoun, l'un des organisateurs de l'expédition explique : « Certes, les rapides d'Inga sont très dangereux, mais qu'on ne vienne pas dire que c'était un pari stupide de les franchir et qu'il s'agissait de casse-cou. C'étaient de vrais professionnels. L'expédition venait de parcourir 2 000 kilomètres sur le Zaïre dans des conditions très dures et les radeaux avaient franchi sans encombre des rapides réputés infranchissables et d'un degré équivalent à ceux d'Inga ! Tout avait été soigneusement préparé, on avait testé le matériel avant le départ dans des conditions d'entraînement aussi dures sans aucun pépin. » (1)

Par contre, en ville de Kinshasa, de nombreux Européens résidant au Zaïre mettent en doute le sérieux de l'expédition bien qu'ils aient rencontré des équipiers décontractés, souriants et nullement inquiets lors d'une présentation de l'expédition au « Yacht Club » de Kinshasa. Après une soirée bien arrosée au « Pimm's », Philippe a même noté sur le livre d'or de l'établissement, au petit matin du 4 août : « Demain ! Je dis bien demain nous passerons les rapides de

(1) *Le Parisien Libéré.* 29 novembre 1985.

KIN et dans 2 jours, si tout va bien, nous passerons ceux d'INGA... Et alors ! Et alors ! nous reviendrons ici... mais au fait... ! où sommes-nous ? Ah oui ! C'est vrai qu'on est bien chez vous ! ».

Lors de cette soirée au « Pimm's », Steve Toussaint, un Belge résidant à Kinshasa, fait part à Philippe de ses inquiétudes : « Vous savez, on ne joue pas avec le fleuve. Les rapides sont incroyables et personne ne les a jamais franchis ! » Dieuleveult lui répond être au courant du danger mais croit cependant à la fiabilité du matériel. Pour lui, le passage est possible.

A la TAZ (Transport Aérien Zaïrois), les pilotes français de cette petite compagnie expriment également aux équipiers leurs craintes lors de la reconnaissance aérienne au-dessus du fleuve. Même réponse, même confiance. « Ils ne semblaient pas vraiment se rendre compte », nous a confié l'un des pilotes, « ils n'évaluaient pas le danger, c'est sûr. »

Pourtant, Gérard d'Aboville, le vainqueur de l'Atlantique à la rame, l'un des initiateurs de l'expédition, se demande s'ils avaient une chance de réussir et déclare, sincèrement, qu'il croit que oui : « A leur arrivée à terre, écrit-il, les deux rafts étaient en bon état, aucun des boudins n'était crevé. L'une des deux embarcations avait, avec ou sans équipage, franchi pratiquement tous les rapides. Le coup était possible et je comprends leur décision de partir, je crois qu'à leur place, moi aussi je l'aurais tenté. » (1)

Pour le président Mobutu, la réponse est formelle. Il l'a dit et répété à plusieurs reprises avec la même détermination : « Les rapides d'Inga sont infranchissables... »

(1) *Paris Match*, 30 août 1985.

Afin d'essayer d'apporter une réponse à la légende d'inviolabilité des rapides d'Inga, deux expéditions sont actuellement en préparation. Mais il y a bien peu de chance que le Gouvernement zaïrois accorde les autorisations nécessaires, malgré les déclarations de Mobutu allant dans le sens inverse. Car au Zaïre, comme me l'a confié un officiel, « on a envie d'oublier ce drame le plus vite possible ».

La première expédition, *Zaïre 86*, sera dirigée par Renaud Lavergne et comprendra onze personnes. Elle se propose de descendre le fleuve, dans son intégralité, avec des canots pneumatiques, légèrement modifiés par rapport à ceux d'*Africa Raft* : deux moteurs au lieu d'un et une structure métallique mobile et non rigide. L'équipe veut franchir les rapides d'Inga.

Le second projet prévoit, lui aussi, un départ en août 1986. Sous la direction d'André Payraud — un aventurier qui a déjà à son actif la descente du Gange à la nage — cette expédition désire se concentrer sur la zone d'Inga. « Dieuleveult est passé ; on prendra le même trajet que lui, on passera aussi », déclare Payraud qui compte affronter les rapides relié par un filin à un hélicoptère pour qu'en cas de pépin, il puisse s'en tirer indemne — pour autant que la légendaire force des courants n'attire pas l'appareil au sol.

Un troisième projet, d'une tout autre nature, est aussi, paraît-il, déposé à l'ambassade de la République du Zaïre à Paris. Il s'agirait, cette fois, de descendre les rapides non pas dans un bateau, mais dans un ballon gonflé d'air, dans une énorme bulle de six mètres de diamètre en plastique transparent, à l'intérieur de laquelle un cascadeur serait solidement attaché.

L'expédition Dieuleveult était-elle véritablement une

première ? « Non », affirme Laurent Nicolay, un spécialiste du « rafting », à un journaliste du « Quotidien » (1), révélant « ce que personne n'a jamais osé dire ». « Des Italiens de la Florence-Expédition, dit-il, associés à la plus célèbre association de rafting américaine, la SOBEK, ont descendu le Zaïre en 1980, et une équipe de l'armée britannique a aussi fait la descente intégrale du Zaïre. » Toutefois, il semble en ce qui concerne l'expédition anglaise que les équipiers approchant d'Inga et constatant la violence du fleuve aient préféré démonter leurs embarcations et reprendre la traversée quelques kilomètres en aval...

Mais, comme le note encore Laurent Nicolay, il y a des rapides « beaucoup plus difficiles que ceux d'Inga qui ont déjà été franchis en raft, telles la rivière de l'Everest, la Dudh-Kosi, ou le canyon de la Fraser au Canada où les vagues de la fameuse Hell's Gate ont sept mètres de haut ».

Ce qui néanmoins est certain, c'est que les rapides d'Inga sont excessivement dangereux. En 1975, une pirogue transportant une quinzaine d'enfants a été littéralement « aspirée » par le fleuve, en amont d'Inga.

Il semble néanmoins — et certains navigateurs chevronnés le confirment — qu'un passage est possible et « praticable » à Inga, malgré la violence du fleuve et son impressionnant débit. C'est précisément celui-là qu'a pris, le 6 août au matin, le raft « Françoise » de Philippe de Dieuleveult. Noyade ? Cette hypothèse n'est en tout cas pas à exclure pour le « Godlieve », à bord duquel avaient pris place André Hérault, Richard Jeannelle, Nelson Bastos et Guy Colette, le Belge dont on a retrouvé le corps, quelques jours

(1) *Le Quotidien de Paris,* « Un défi nommé Zaïre », 15 décembre 1985.

après le drame, à l'embouchure du fleuve mais dont le doute plane encore quant à l'identification formelle de ce cadavre, même si pour Michel Dupin, vice-consul à l'ambassade de France à Kinshasa, l'autopsie a été pratiquée « dans les règles » (1).

Certaines sources indiquent que le « Godlieve » a été retrouvé complètement disloqué, au commencement des rapides, près de l'île des Hippopotames. D'autres, antérieures, sont contraires : le « Godlieve » était en bon état, retourné, avec ses sacs jaunes attachés aux armatures, avant que des Zaïrois ne s'emparent de ce qu'il contenait et ne lacèrent sa carcasse. Il semblerait qu'avec le précieux caoutchouc des « boudins » du « Godlieve » on ait fabriqué des chaussures...

Nous avons vu la Bible que la famille d'André Hérault a reçue avec d'autres effets personnels rapatriés du Zaïre — le butin du « Godlieve » ayant été retrouvé dans les villages environnants. Ce livre est intact et ne présente aucune trace de mouillure ou d'humidité. Certes, les sacs jaunes attachés aux embarcations étaient, paraît-il, insubmersibles, mais si le « Godlieve » s'est, effectivement, fracassé dans les rapides d'Inga, les sacoches auraient-elles résisté ?

On ne peut donc rien affirmer hâtivement sur le sort de l'équipage du « Godlieve ». Quant au « Françoise », le radeau a été retrouvé intact, en aval, presque à la sortie des rapides. Les sacs jaunes de cette embarcation, eux, n'ont jamais été retrouvés.

La veille du drame, le 5 août au soir, un enfant a aperçu, du bord de la rive, le « Françoise » et le « Godlieve » accoster

(1) Entretien avec l'auteur à Kinshasa.

sur l'île des Hippopotames. Cette image insolite a dû mettre en éveil les villages avoisinants et il est même plus que probable que des indigènes se soient alors déplacés le lendemain aux abords du fleuve, en spectateurs curieux et privilégiés d'un pari fou.

Pourtant, outre l'ingénieur zaïrois et les deux Américains — dont les témoignages ne cessent de varier — il n'y a *aucun* autre témoin, ce fameux mardi 6 août au matin.

« Gégé » Bastos, le père du disparu Nelson Bastos, a enquêté sur place. Ce Portugais connaît bien la région puisqu'il habite non loin de là, à Muenda, à l'embouchure du fleuve. Il a interrogé les indigènes, a promis jusqu'à 100 000 zaïres de récompense à qui aurait vu quelque chose... Mais, personne. Rien vu !

Si effectivement, « on ne joue pas avec le fleuve », on ne devrait pas non plus manipuler l'opinion. Cependant, une certitude maintenant : le « Françoise » échoué, retrouvé intact avec son antenne radio en parfait état, prouve bel et bien qu'une noyade collective est quasiment impossible. Mais alors, que sont devenus les trois hommes qui étaient à bord du « Françoise », Philippe de Dieuleveult, Angelo Angelini et Lucien Blockmans ?

La bavure

Une bavure militaire de l'armée zaïroise ?

Me Jean Lafon, avocat de Mmes Dieuleveult et Jeannelle est clair à ce sujet. Il nous a formellement déclaré qu'il s'agissait là d'une « piste qu'il convient désormais vraisemblablement d'éliminer ! » Fichtre ! Après un voyage au Zaïre en compagnie de ses clientes, sur invitation personnelle du président Mobutu, il n'est effectivement pas très légitime, pour cet homme de droit, de manquer de respect envers son illustre hôte en n'adoptant pas ses thèses. Mais est-ce là une raison suffisante pour négliger cette piste ?

Elle reste pourtant une probabilité qui repose sur plusieurs témoignages, parmi les plus fiables.

Nous l'avons déjà dit : le barrage d'Inga est une zone stratégique de première importance. Des militaires et des gendarmes y sont stationnés en permanence.

Philippe de Dieuleveult et ses compagnons de l'expédition *Africa Raft* accostent sur l'île des Hippopotames quelques jours seulement après que le colonel Khadafi a proféré — du Burundi où il était en visite officielle — des menaces à l'égard du Zaïre et de son président, le maréchal Mobutu, dont le chef libyen veut la peau. En outre, Inga vit dans la psychose d'éventuelles attaques angolaises. La frontière n'est qu'à 40 kilomètres... Une limite perméable, aucun poste de douane n'étant installé évidemment en pleine brousse !

Or, le 5 août au soir, l'enfant qui a aperçu l'équipage sur l'île des Hippopotames est venu signaler à l'officier de garde sur le barrage que des Blancs « non identifiés » descendaient le fleuve. Nouvelle qui, semble-t-il, a semé la panique à Inga. Un couvre-feu a même été instauré.

Que s'est-il passé ensuite ? Des patrouilles, en position sur la ou les rives du fleuve ont-elles reçu l'ordre formel de « ne rien laisser passer » ?

Le 6 août, le « Godlieve » et le « Françoise » se lancent dans les rapides. Jean-Louis Amblard et François Laurenceau, qui ont décidé d'abandonner, rejoignent la rive droite et le barrage d'Inga où le responsable de la sécurité déclare en les voyant arriver : « S'il s'est passé quelque chose, je n'y suis pour rien ». Peu après, les deux Français retrouveront le télex de Kinshasa autorisant le passage de l'expédition. L'ordre est bien parvenu au barrage, mais le message n'avait pas été lu.

D'emblée, on tient Amblard et Laurenceau à l'écart. On les tient éloignés des rives du fleuve. Avec une infinie courtoisie, on les invite à manger. Le soir, contre leur gré, on les reconduit à Matadi, à quarante kilomètres de là, non sans leur avoir fait signer au préalable une décharge où ils reconnaissent n'avoir entendu aucun coup de feu !

Là-dessus se greffent encore deux témoignages. Ceux de Ken Silman et de Steve Allan, deux ingénieurs américains qui travaillent au barrage d'Inga. Hélas, on connaît au moins trois versions de leurs témoignages ! L'un des ingénieurs avait même promis qu'il parlerait lorsqu'il serait de retour aux Etats-Unis et qu'il écrirait alors personnellement à Madame de Dieuleveult. Cet homme est aujourd'hui rentré dans son pays et n'a donné aucun signe de vie. Pourquoi ?

Dans leur première version, quelques heures après le drame, les ingénieurs confiaient avoir bel et bien vu passer le « Françoise » avec trois hommes s'activant à son bord. Cinquante mètres plus loin, ils ont aperçu les trois occupants de l'embarcation sauter à l'eau pour se protéger des tireurs zaïrois qui les « mettaient en joue ». Ensuite, ils ont vu le raft aborder une chute et disparaître de leur champ de vision. Philippe et ses camarades se sont-ils jetés à l'aveuglette dans l'eau ou ont-ils sauté en restant accrochés et agrippés à l'embarcation ?

Dans un second témoignage rapporté par un journaliste,

les ingénieurs disaient avoir vu le raft accoster dans une crique, face à Inga, avec à son bord, trois hommes. Mais ces propos ne paraissent pas très fiables, n'étant probablement pas de « première main ».

Dans leur troisième « version », à Georges Menager de *Paris Match*, Silman et Allan déclarent : « Il était 8 heures 45, mardi 6 août, lorsque nous avons aperçu le bateau danser sur les remous des vagues furieuses, voler en l'air, se retourner sur lui-même, plonger sous l'eau, disparaître et resurgir plus loin dans les eaux en ébullition, être expulsé par le déchaînement des vagues et décoller du haut des déferlantes, partir en vrille et retomber à l'envers sur le fleuve. Il n'y avait plus personne à bord, c'est sûr. Nous avons continué à le suivre du regard pendant deux kilomètres jusqu'au coude du fleuve où il échappa à notre observation. » (1)

Que signifie cette versatilité ?

Même problème pour un autre témoin, Tunasi Atanga, un ingénieur zaïrois qui lui a vu débarquer trois hommes sur une petite plage. De formel, son témoignage deviendra flou avec le temps. Et surtout, dans le temps. Ce n'est plus le mardi 6 août à 11 heures qu'il a vu trois hommes, mais le lendemain du drame, à la même heure, ce qui rend son témoignage étrangement suspect. Après avoir multiplié les déclarations contradictoires, ce témoin zaïrois s'est volatilisé dans la nature. Aujourd'hui, il n'est plus en poste au barrage d'Inga mais a été déplacé. Où ? Mystère. A Me Jean Lafon qui demande à le rencontrer lors de son séjour au Zaïre, on lui répond qu'« il est malade ».

Dans un premier temps pourtant, Tunasi Atanga a

(1) *Paris Match*, 6 septembre 1985.

précisé qu'il avait vu trois Blancs s'affairer autour d'un raft sur la rive en face. Plus tard, il dira les avoir vu couchés, puis, se relevant, décharger des affaires, des sacs jaunes. Il semble même que Tunasi Atanga n'ait pas été le seul à faire de pareilles observations. Un collègue était à ses côtés. A Jean-Louis Amblard, quelques heures après le drame, ils racontent avoir vu trois personnes débarquant sur la rive du fleuve, en désignant très précisément l'endroit. « Deux d'entre eux étaient allongés dans la crique, comme épuisés, ont-ils mentionné, le dernier s'affairait près du bateau. Les hommes avaient déchargé des sacs de couleur jaune ! lancent encore les deux ingénieurs zaïrois à Amblard (1). Ils précisent que l'une des trois personnes portait un pull-over noir. On pense évidemment à Philippe de Dieuleveult qui, le jour du drame, portait effectivement un pull noir.

Revenant sur son témoignage, Tunasi Atanga affirmera ensuite n'avoir pas pu distinguer s'il s'agissait de Blancs ou de Noirs. Avec ses jumelles, de l'extrémité de la piste du petit aéroport d'Inga, surplombant le fleuve, il avait pourtant nettement décrit la couleur des sacs et du pull-over !

Seul fait à ne pas changer, malgré les versions successives, le nombre d'hommes aperçus : trois. Coïncidence ? Hasard ? Ou s'agit-il réellement de l'équipage du « Françoise » : Philippe de Dieuleveult, Angelo Angelini et Lucien Blockmans ?

A l'endroit où Tunasi Atanga, l'ingénieur zaïrois, a vu la scène (si la date change, le lieu est resté précis), on a retrouvé une malette vidéo, un tas de photographies de Philippe dissimulées sous un rocher, un carnet, une carte de

(1) *Paris Match*, 13 décembre 1985. Témoignage de Jean-Louis Amblard.

géographie de l'Afrique, un stylo et des boîtes en plastique. Mais aucune trace des fameux sacs jaunes attachés à l'embarcation. A l'inverse de ceux de « Godlieve » retrouvés dans les villages environnants, aucune trace des sacs du « Françoise ».

Qui a placé des photos *dissimulées* sous un rocher ?

Cette question suscitera ce commentaire à Dominique Jamet du *Quotidien de Paris* : « On ne connaissait pas d'exemple jusqu'alors de gens qui après s'être noyés, auraient tiré leur embarcation au sec et mis quelques objets à l'abri... »

En dehors des ingénieurs américains et de Tunasi Atanga, l'ingénieur zaïrois, et son collègue, il n'y a aucun autre témoin connu. Sauf un employé du barrage rencontré par Jean-Louis Amblard. Le Français rescapé confie : « J'étais troublé. Plus encore lorsqu'un troisième employé a ajouté que des militaires avaient mis en joue trois navigateurs à peine débarqués. Le lendemain, nous n'avons pas retrouvé cet employé. Il avait disparu. » (1)

Pour le chef de l'Etat de la République du Zaïre, le maréchal Mobutu, tout est clair. Il déclare à Jean Durieux : « Dieu n'a pas voulu que les radeaux franchissent les rapides... Voilà... C'est tout. » Et il ajoute : « Chaque soldat de l'armée zaïroise dispose d'une dotation d'une soixantaine de cartouches. Après l'accident, sur mon ordre, et parce que les rumeurs avaient surgi très vite, les officiers ont fait le compte des munitions, il n'en manquait pas une seule. Personne, par conséquent, n'a pu tirer un coup de feu ! » (2)

(1) *Paris Match,* 13 décembre 1985. Témoignage op. cit.
(2) *Paris Match,* 20 décembre 1985. Entretien avec Jean Durieux.

Le ministre zaïrois de l'Information cite, lui, d'autres arguments aux journalistes venus lui tendre leurs micros à Kinshasa : « Nos gendarmes n'ont pas pu tirer sur l'expédition. Le photographe Richard Jeannelle est un ami du chef de l'Etat ! » Une amitié que Mobutu confirmera. Mais le président-fondateur oublie qu'il connaissait également bien André Hérault, le chef de l'expédition, avec lequel il avait même réalisé quelques bonnes parties de pêche et plusieurs déplacements en hélicoptère !

Un autre officiel zaïrois déclare à son tour : « Si nous avions quelque chose à cacher, nous n'aurions pas demandé à des Français de diriger les opérations de recherches... »

Pour sa part, le citoyen Dema, conseiller à l'ambassade du Zaïre à Paris confie : « Mais pourquoi voulez-vous qu'on soit responsable de cette disparition ? Si, effectivement, nous avions commis une bavure, nous n'aurions eu qu'une seule chose à faire : nous excuser publiquement et voilà tout. » (1)

Voilà un flot de réactions logiques, trop logiques peut-être. Elles n'expliquent pas ces témoignages qui se transforment, ces témoins qui se volatilisent, ni cette décharge que l'on fait signer aux rescapés, Laurenceau et Amblard, comme quoi ils n'ont pas entendu de coups de feu, ni ce couvre-feu décrété la veille du drame sur la région d'Inga.

Autre détail à verser encore au dossier : le jeudi 8 août, deux jours après le drame, un pilote de la TAZ survole la zone d'Inga, en compagnie du colonel-commandant Montmahou, pendant plus d'une heure. Les deux hommes, des airs, ne voient rien ! Aucune trace des rafts. Disparus,

(1) Entretien avec l'auteur.

volatilisés. Pourtant, volant très bas, leur champ de visibilité leur permettait d'apercevoir la moindre pirogue sur le fleuve. Comment alors ne pas distinguer une embarcation de plus de huit mètres sur six ? Déjà le lendemain du drame, un pilote avait survolé Inga et n'avait discerné aucun vestige des deux rafts échoués.

Ce n'est que le vendredi 9 août que l'adjudant-chef Berthi, coopérant français de la 31e Brigade parachutiste zaïroise, découvre enfin, du haut de son hélicoptère, les deux rafts, le « Françoise » et le « Godlieve », échoués. Dans un message qu'il envoie à sa brigade, il dit avoir retrouvé le « Godlieve » retourné, nullement disloqué, les sacs jaunes attachés aux armatures de l'embarcation.

Le « Godlieve » et le « Françoise » ont-ils disparu pendant plus de deux jours ? Où étaient-ils si personne ne les a vus ? Pourquoi durant ces deux jours Laurenceau et Amblard n'ont-ils pas pu s'approcher des rives du fleuve ?

Bavure militaire ? Mise en scène ou tentative délibérée de dissimuler certains indices compromettants (traces de balles par exemple) ? Et tout cela à cause d'un télex qui n'a pas été lu...

La capture

La capture est l'hypothèse qui, dans un premier temps, peut paraître la plus saugrenue.

Pourtant, elle s'enchaîne naturellement dans le déroulement probable des faits. A partir du moment où un raft au moins a accosté et ses occupants mis pied à terre — en recoupant les différents témoignages déjà cités — pour des raisons inconnues (en difficulté sur les rapides ou pour esquiver des tirs), toutes les suppositions de capture sont permises et possibles. D'autant plus que les menaces de l'Angola envers cette partie du Bas-Zaïre, et principalement envers le barrage d'Inga, sont régulières et bien réelles. Philippe et ses compagnons se sont-ils suffisamment enfoncés dans les terres pour, en chemin, faire de mauvaises rencontres — la frontière angolaise n'étant qu'à 40 kilomètres d'Inga — et se retrouver nez à nez avec des « éléments » venus de cette ex-colonie portugaise ? (1)

Il faut convenir, au vu de la situation actuelle en Angola, que rien n'est impossible : diverses tendances s'y livrant une guerre fratricide et armée.

Coup d'œil en arrière : le 25 avril 1974, le régime portugais est renversé et le 11 novembre 1975, l'Indépendance de l'Angola — la République populaire d'Angola — est proclamée, à Luanda, grâce à la victoire politique et militaire du M.P.L.A. (Mouvement populaire de libération de l'Angola). Aussitôt, les opposants au nouveau régime entrent dans la clandestinité et prennent le maquis : le F.N.L.A. (Front national de libération de l'Angola) et surtout l'U.N.I.T.A. (Union nationale pour l'indépendance totale de l'Angola).

Le F.N.L.A. concentre ses troupes dans le nord du pays. L'U.N.I.T.A. s'empare du sud-est et d'une bonne partie du

(1) Il ne faut pas négliger non plus le possible coup de main de gendarmes zaïrois qui ont pu se livrer sur leurs propres terres à une véritable chasse à l'homme. Cela expliquant peut-être la curieuse « disparition » des rafts pendant deux jours et une éventuelle mise en scène des Zaïrois.

centre du pays. Le pouvoir actuel est communiste et dirigé par de nombreux conseillers soviétiques et cubains.

Sont susceptibles d'interventions dans le Bas-Zaïre : les mercenaires du pouvoir actuel en Angola et les résistants du F.N.L.A. seulement, l'U.N.I.T.A. n'intervenant qu'au sud-est du pays.

Deux documents confirment l'hypothèse de l'enlèvement. En premier lieu, ce fameux télex arrivé, soi-disant, au ministère de la Défense à Paris et révélé par un fonctionnaire repenti (1). Un message qui informait la France qu'un corps sans tête et sans bras, qui venait d'être retrouvé, portait des « traces de tortures et mutilations volontaires évidentes ». Ce télex émanant des militaires français alors sur place à Inga mentionnait également qu'il pourrait s'agir du corps de Philippe de Dieuleveult.

Second document, les deux mystérieux messages — révélés par *Minute* — captés par les services d'écoute de Berlin-Ouest et adressés au quartier général des forces armées d'Allemagne de l'Est par le commandement allemand de l'Est de l'Angola disant qu'« une patrouille de Tigres » aurait intercepté « trois agents blancs de Mobutu » (message du 7 août), et qu'ils « ont été conduits au quartier général RGK » (message du 18 août). Il s'agit, une fois encore, de documents « secrets » dont il est hélas impossible de contrôler l'authenticité.

Enfin, un proche de Philippe de Dieuleveult aurait reçu un appel téléphonique d'une Française qui assure avoir reconnu au cours d'un séjour en Angola, dans un journal local, sur la photo d'un groupe de mercenaires le visage de

(1) Voir chapitre II, Le mystère d'Inga.

Philippe. Dans ce cas-là, l'enlèvement ne peut être le fait que de l'armée régulière angolaise.

Autre élément, toujours selon *Minute* : au cours d'une conversation d'ordre privé, un conseiller de l'ambassade d'Angola en France (dont l'hebdomadaire tait bien évidemment l'identité) aurait déclaré, que « selon lui, Dieuleveult était vivant ». Après avoir, sans conviction aucune, avancé « qu'il était probablement entre les mains de Jonas Sawimbi » (1).

Quelques semaines plus tard, on apprend, toujours par le même journal, que Roland Dumas, ministre des Relations extérieures, aurait envoyé un émissaire en Angola, un certain Moreau (2).

Contrairement à ce qu'on pourrait croire, *Minute* n'est pas à l'origine de l'hypothèse de l'enlèvement, car c'est bel et bien l'armée zaïroise qui, quelques jours seulement après le drame, évoquait cette possibilité lors des premières recherches.

D'ailleurs, au cours des recherches de l'armée française à Inga, plusieurs enfants d'indigènes auraient affirmé avoir vu « trois Blancs » (3).

Piste angolaise ? Rumeurs, suppositions, confidences et détails de toute nature ne manquent pas. Difficile de concevoir que tous aient pu, dans leur intégralité, être inventés de toutes pièces par des esprits imaginatifs avides de sensationnel.

Seul fait concret : la malette vidéo, les photos et autres objets qu'on a retrouvés à l'endroit précis où Philippe et ses

(1) Leader de l'U.N.I.T.A.
(2) *Minute*, 7 décembre 1985.
(3) *Minute*, 16 novembre 1985.

deux compagnons auraient été vus accostant. On a même découvert au bord de la rive une bouteille d'huile. Des pilleurs d'épaves n'auraient sans doute pas laissé passer un tel butin. Logiquement tout prouve que ces objets ont bien été déposés par Philippe de Dieuleveult, Angelo Angelini et Lucien Blockmans. Et de ce fait il est possible que les trois hommes, après avoir réuni quelques affaires, aient pu s'enfoncer dans la forêt africaine, menacés peut-être par d'éventuels tireurs. La rencontre avec des « éléments » d'Angola devient tout à fait plausible.

Mais alors qui seraient les ravisseurs ? « Une patrouille de Tigres angolais » qui aurait remis Philippe et ses coéquipiers, « à des officiers est-allemands » comme l'évoque *Minute* ? Des résistants du F.N.L.A. ? Ou faut-il penser, comme beaucoup, que Dieuleveult, Angelini et Blockmans sont peut-être prisonniers de l'armée régulière angolaise ?

Seraient-ils incarcérés, comme le supposent les rédacteurs de *Minute*, à l'île de São Tomé au large de l'Angola, à 1 500 kilomètres environ de Luanda ? Dans un camp « où se trouveraient déjà cinq prisonniers français (un officier et quatre sous-officiers) détenus depuis 1978 ». (1)

L'hebdomadaire français est d'une remarquable discrétion, à son habitude, quant aux sources de telles informations. « Ce sont simplement des rumeurs dont la source est cependant suffisamment sérieuse et fiable pour que nous nous croyons autorisés à en faire état ». (2)

(1) Selon *Minute* (16 novembre 1985), il s'agirait « sans doute de membres du groupe de sept coopérants français envoyés au Zaïre pour assurer l'entretien du parc d'auto-mitrailleuses françaises confiées à l'armée de Mobutu et qui disparurent, en 1978 justement, au cours d'un raid des rebelles du Shaba ».

(2) *Minute*, op. cit, 16 novembre 1985.

Les îles de São Tomé et Principe au large du continent africain forment un petit Etat indépendant depuis 1975. Comptant 85 000 habitants, elles ne cachent pas leurs liens étroits avec leur grand voisin : l'Angola. Au Zaïre, beaucoup affirment que l'île de São Tomé abrite une gigantesque forteresse où seraient détenues plusieurs centaines de personnes.

Selon Michel Dupin, vice-consul de France à Kinshasa, il est extrêmement difficile, voir impossible que le consulat de France à Luanda soit en mesure d'affirmer ou d'infirmer si Philippe de Dieuleveult et ses compagnons sont passés par l'Angola et y seraient incarcérés.

Des membres de l'expédition *Africa Raft* sont-ils encore vivants ? Cette thèse, porteuse d'un espoir fou, circule pourtant avec insistance dans certains milieux. L'hypothèse que Philippe soit encore vivant prend de l'ampleur. Il est légitime de s'accrocher aux parcelles d'espoir. D'autres faits nouveaux viennent étayer notre espérance.

Nous tenons en effet de bonne source que le Gabon, République africaine aux frontières du Congo, jouerait un rôle important dans des négociations secrètes entre l'Angola (ou une autre nation) et la France.

Une Française établie au Gabon, proche d'un des membres de l'expédition *Africa Raft*, aurait reçu une lettre d'une amie résidant en Angola lui disant avoir vu Philippe dans son pays. Vivant. Philippe lui aurait même parlé. Il serait actuellement en liberté surveillée. Nous n'en savons pas davantage.

Cette même Française, qui travaille à Libreville, tiendrait de sources gabonaises que des négociations secrètes entre l'Angola et la France sont actuellement en cours et que la République du Gabon jouerait le rôle « d'intermédiaire » entre Luanda et Paris.

*
**

Voilà d'autres éléments qui pourraient bien susciter de nouvelles révélations dans les mois à venir, dans la mesure où je me suis moi-même heurté à un mur en cherchant à en savoir plus au cours de mon enquête sur cette filière gabonaise.

J'avais en effet prévu de me rendre à Libreville, histoire d'humer l'air ambiant et de savoir si, à trop renifler une odeur réelle d'espoir, cette nouvelle rumeur s'avérait plausible. Il y avait à mes yeux trop de coïncidences et de similitudes troublantes pour qu'elles ne puissent être que le fruit d'un hasard incroyable. D'autant plus que l'île de São Tomé, dont on parle tant, n'est qu'à 300 kilomètres à peine au large du Gabon, cette proximité géographique pouvant expliquer le rôle éventuel de Libreville dans l'affaire Dieuleveult.

J'ai donc, dans les formes, rempli une demande de visa pour le Gabon. Ce genre de requête n'est dans la plupart des cas qu'une simple formalité. Les papiers nécessaires à l'obtention rapide du visa avaient été réunis. L'agence de presse avec laquelle je collabore m'avait même commandé, pour faciliter la chose, un reportage touristique à Libreville ! Un haut responsable gabonais s'était porté garant du bon déroulement de mon séjour. Je m'étais bien évidemment gardé de prononcer le simple nom de Dieuleveult.

Ma surprise fut donc totale lorsqu'on m'informa, quelques heures plus tard, que ma demande de visa avait — cas rarissime — été rejetée. Verdict d'autant plus étonnant que mon passeport suisse suscite souvent des déclics magiques dans ce genre de situation. Rien à faire : « Nous ne voulons pas de quelqu'un qui enquête sur l'affaire Dieuleveult ! » a répondu Libreville. (!!!) Diable, comment les autorités gabonaises ont-elles été mises au courant du dessein inavoué de ma visite à Libreville ?

De quoi, une fois encore dans cette enquête, rester perplexe.

Dans ce genre de situation, mieux vaut en avoir le cœur net : coup de fil à son Excellence l'ambassadeur de la République du Gabon. Et, d'entrée, cette question qui brûle les lèvres : « Est-il vrai que le Gabon joue un rôle important dans d'éventuelles négociations secrètes entre l'Angola et la France pour obtenir la libération de Philippe de Dieuleveult ? »

La réponse fut claire : « Écoutez, Monsieur, répliqua son Excellence, je ne comprends pas très bien. Si ces négociations dont vous parlez sont secrètes, comment voulez-vous que je vous en parle ? Si elles sont secrètes, je ne sais pas. Vous savez, l'affaire de Philippe de Dieuleveult est un problème qui se passe entre le Congo, l'Angola et nos pays voisins. Mais je vous le répète, je ne puis rien dire. Je ne peux pas vous révéler une telle nouvelle devant le formidable espoir qu'elle peut apporter. » Faisant remarquer ensuite à son Excellence qu'il n'avait point démenti mon information, je lui demandai alors de me préciser sa véracité par un oui ou un non. Réponse de l'ambassadeur : « Votre information n'est pas fondée. » Et puis, d'un coup, violemment, l'interlocuteur lança : « Vous ne m'avez pas enregistré, j'espère ? »

Frémissements. Aussi farfelue au départ que pouvait

paraître cette « piste » gabonaise, autant maintenant elle paraît possible.

L'énigme Dieuleveult est bien vivante, aujourd'hui plus que jamais. Mais demain ?

V

DEMAIN ?

« Je suis un mensonge qui dit toujours la vérité. »

Jean Cocteau

L'affaire Dieuleveult ne fait peut-être que commencer. Personne n'a encore à ce jour mesuré les rebondissements, suites et conséquences probables ni tous les intérêts en jeu de cet épineux dossier classé un peu trop vite.

Impossible dès lors de mesurer le rôle exact joué par le Gouvernement français dans cette affaire. Quoi qu'il en soit, il n'est de toute façon pas clair.

Des questions subsistent, latentes : qui sont ces trois hommes qu'on a vus accoster sur la rive face à Inga ? Pourquoi le « Françoise » a-t-il été retrouvé intact alors qu'on tient à nous faire croire qu'il a chaviré dans les flots déchaînés du fleuve ? Où se sont volatilisés tous les témoins du drame et comment expliquer leur silence actuel et les différentes versions qu'ils ont données ? Pour quelles raisons enfin les deux rafts semblent-ils avoir disparu durant deux jours après le drame avant d'être retrouvés par les militaires français ?

Nous avons essayé d'apporter ici des clés à ces questions. Des réponses plausibles, vraisemblables, nullement formelles. Il appartient à d'autres de conclure. Mais le Gouvernement français, lui, est plus enclin à convaincre l'opinion d'une noyade collective qu'à révéler les « anomalies » que nous venons de citer. Pourquoi enfin a-t-on voulu faire « passer » à la famille de Dieuleveult le cadavre d'un inconnu en affirmant qu'il s'agissait de celui de Philippe ? Sans la suspicion de quelques membres de la famille, la dépouille aurait déjà été enterrée et son tombeau aurait mis un point final à « l'énigme Dieuleveult » et à l'expédition *Africa Raft*, à la satisfaction générale de pas mal d'intérêts.

Il est également surprenant que l'avocat de Mmes Jeannelle et Dieuleveult, Me Jean Lafon, ait fait sienne la thèse de la noyade devant le nombre d'indices logiques poussant tout être humain raisonnable à penser le contraire. Mais il est vrai que Me Lafon est un ami de Roland Dumas. Ceci pouvant peut-être expliquer cela.

Roland Dumas clame haut et fort, au nom de la France, que la *thèse de la noyade reste la plus plausible*. Le dossier Dieuleveult a-t-il été lu ou déjà classé les yeux fermés ? Roland Dumas de préciser encore, à la tribune du Sénat (voir nos documents publiés en annexe), que le Gouvernement étudie toutes les pistes et toutes les rumeurs, même celles qui *ne sont que de très loin vraisemblables*. Ces recherches en *liaison constante avec l'administration zaïroise*.

Pour le sénateur Louis de Catuelan, il est « du devoir du Gouvernement » de porter secours aux « prisonniers ou otages, vivants ou en détresse » et de « dénoncer un subterfuge dont il est peut-être lui-même la victime ».

Le silence est d'or. La parole, elle... Vous dites, la *parole ?*

On murmure dans certains milieux que la vérité sur la disparition de Philippe de Dieuleveult pourrait déstabiliser la présence française en Afrique. D'autres enfin préfèrent se taire pour ne pas compromettre d'éventuelles négociations « secrètes » entre l'Angola et la France. Remarquons simplement que si tel est vraiment le cas — et nous le souhaitons de tout notre cœur — un mouvement populaire ne peut être que bénéfique. N'est-ce pas l'opinion publique qui a largement contribué à faire libérer d'Afghanistan le journaliste Jacques Abouchar ? Laisser agir le Gouvernement français seul n'est pas forcément la meilleure solution. Il suffit de tourner son regard vers une actualité elle-aussi brûlante : l'affaire des otages français du Liban et celle des faux époux Turenge, toujours pas « libérés » de leur forteresse d'Auckland, en Nouvelle-Zélande.

Pour Philippe de Dieuleveult, la vérité appartient peut-être à l'opinion. C'est à elle d'agir désormais. Certaines familles des disparus semblent déterminées, malgré les menaces de toutes natures, à s'insurger pour de bon et à diriger des actions militant pour la... vérité. Elle seule compte maintenant, que les aventuriers portés disparus soient morts ou vivants.

Paris, Porrentruy et Kinshasa :
décembre 1985 - mars 1986.

Pièces à verser au dossier Dieuleveult

ANNEXE I

Question orale du sénateur Louis de Catuelan au premier ministre Laurent Fabius. Au Sénat, le 28 novembre 1985.

Monsieur Louis de Catuelan demande à Monsieur le Premier Ministre de bien vouloir lui communiquer les éléments d'information en sa possession concernant le sort des membres de l'expédition « AFRICA RAFT », disparue le 6 août dernier au Zaïre.

Il lui demande notamment de bien vouloir lui préciser si les autorités zaïroises ont transmis au Gouvernement français un rapport relatif aux circonstances de la disparition.

Il lui indique qu'à sa connaissance, la famille de Philippe de Dieuleveult n'a toujours pas été informée officiellement des résultats de la contre-autopsie effectuée par l'Institut Médico-Légal de Paris, sur un corps identifié comme étant celui de Philippe de Dieuleveult par le Vice-Consul de France à

Kinshasa, au vu des suppositions d'un rapport d'autopsie zaïrois.

Il lui demande de bien vouloir lui indiquer si les différents éléments de cette affaire peuvent, à son sens, laisser planer un doute sur le sort de Philippe de Dieuleveult et de ses amis. Dans ce cas, il lui demande de lui faire connaître les démarches que le Gouvernement français entreprend auprès du Gouvernement zaïrois pour s'assurer du sort des membres de cette expédition.

ANNEXE II

Conférence de presse du sénateur Louis de Catuelan, au Sénat, le 28 novembre 1985.

Mesdames, Messieurs,

Si je vous réunis aujourd'hui d'une façon un peu exceptionnelle à l'occasion du dépôt d'une question orale au Gouvernement, c'est qu'il s'agit d'une affaire grave qui concerne la vie de plusieurs hommes et dans laquelle la responsabilité du Gouvernement est engagée. Il s'agit du sort de Philippe de Dieuleveult et des membres de l'expédition qui cet été a tenté de franchir les rapides d'Inga sur le fleuve Zaïre.

Pourquoi je m'intéresse, moi, à cette question ? Bien sûr en raison de la sympathie que je partage avec l'ensemble de nos compatriotes pour Philippe de Dieuleveult, renforcée par des origines bretonnes communes et par le fait qu'il habitait avec sa femme et ses enfants Viroflay, commune du département des Yvelines que je représente au Sénat. Je dois ajouter que ce qui me motive surtout aujourd'hui ce sont les informations dont j'ai connaissance depuis plusieurs semaines, que j'ai tues jusqu'à présent par respect et discrétion pour la famille et pour ne pas gêner les démarches qui étaient en cours. Mais apprenant que celles-ci se heurtent au silence des plus hauts responsables de l'Etat, silence que je ne peux tolérer, j'ai décidé après consultation de la famille d'interroger le Gouvernement. Souvenez-vous : mardi 6 août, nous apprenions que quelque chose de grave était arrivé aux membres de l'expédition. Quoi exactement ? nous l'ignorions. Depuis nous n'avons plus aucune nouvelle de Philippe de Dieuleveult et de ses compagnons.

Qu'est-il arrivé ?

Les deux bateaux ont été retrouvés. Celui de Philippe était intact.

Malgré les efforts importants de recherche effectués par l'armé française sur et le long du fleuve, aucun indice n'y a été relevé : pas le moindre lambeau de vêtement, de gilet de sauvetage ou de tout autre matériel pourtant insubmersible.

Se sont-ils réellement tous noyés comme on a pu le penser au départ ? Ne leur serait-il pas arrivé autre chose ?

Deux corps, il est vrai, ont été retrouvés :

— le premier, une chaîne en or reconnue par la famille, a permis de l'attribuer à Guy Colette, de nationalité belge, membre de l'équipage du premier bateau, le « Godlieve ».

— le second, identifié par le Vice-Consul français au Zaïre, comme étant Philippe de Dieuleveult, qui était sur le 2e bateau le « Françoise ». Conclusion fut rapidement tirée : les deux équipages se sont noyés — Affaire classée —

Des conclusions aussi hâtives ne pouvaient satisfaire. La famille d'ailleurs n'a pas accepté d'emblée un corps sans tête, sans mains, exempt de tout élément permettant une identification certaine. A sa demande le corps a été amené en France pour une contre-autopsie réalisée par l'Institut Médico-Légal.

Conclusion de celle-ci, officiellement ignorée de la famille, que je lis :

« Il est possible d'exclure formellement que le corps qui nous a été présenté soit celui de Philippe de Dieuleveult ».

Dès lors toutes les affirmations avancées jusque-là deviennent suspectes.

Un subterfuge aussi monstrueux amène à se poser plusieurs questions :

1 - Pourquoi ce mensonge à la famille ?

2 - De quel droit, ou obéissant à quels intérêts, le vice-consul a-t-il transformé en *affirmation* ce qui n'était que *supposition* dans le rapport d'autopsie zaïrois ?

3 - Quelle vérité veut-on cacher ?

4 - Enfin, et surtout, le mystère reste entier :

On ne sait toujours pas ce que sont devenus Philippe de Dieuleveult et ses amis :

Sont-ils morts ?

Pourquoi ? Comment ? Victimes d'une bavure ? d'un crime politique ? que sais-je encore ?

Sont-ils vivants ?

Prisonniers ? Otages ? Feraient-ils l'objet de tractations secrètes ?

S'il sont vivants, ils sont en détresse, il est du devoir du Gouvernement d'aller à leur aide.

En tout état de cause il est du devoir du Gouvernement de dénoncer un subterfuge dont il est peut être lui-même la victime. Par son silence il le cautionne.

Il est du devoir du Gouvernement de s'efforcer à faire la lumière sur cette affaire, quoi qu'elle dissimule, soit par les voies diplomatiques, soit par la reprise des investigations sur le terrain.

Enfin, le Gouvernement a des devoirs à l'égard des familles de Philippe de Dieuleveult et de celles de ses compagnons. La raison d'Etat elle-même ne saurait le rendre insensible à leur désarroi.

Elles ont le droit de savoir.

Actuellement le doute les ronge.

Peuvent-elles encore espérer ?

Doivent-elle se résigner à l'inexplicable ?

Je demande au Gouvernement des réponses précises car après le déroulement de tels faits, seule la vérité saurait convaincre.

ANNEXE III

Communiqué à la presse d'Yves de Dieuleveult à Paris le 29 novembre 1985.

La famille de Philippe de Dieuleveult affirme qu'elle n'a obtenu malgré ses démarches réitérées aucune information officielle sur les mesures prises par l'Etat français pour la recherche des disparus.

Ni le rapport d'autopsie dressé par les médecins Zaïrois, ni le rapport d'autopsie dressé par les médecins français, ne lui ont été communiqués par la voie officielle. Les seules informations émanant officiellement du ministère des Relations extérieures et engageant sa responsabilité sont celles contenues dans le télex du 11 septembre 1985, dans lequel le Vice-Consul affirme sans la moindre réserve que le corps retrouvé à Matadi est celui de Philippe de Dieuleveult.

Depuis que la certitude est acquise que ce corps n'est pas celui du disparu, la famille a multiplié les démarches auprès du ministère des Relations extérieures pour connaître les dispositions que le ministère entendait prendre à l'égard de Philippe, citoyen français en détresse à l'étranger.

Elle n'a obtenu aucune réponse.

C'est en raison de ce silence succédant à des affirmations aussi brutales qu'imprudentes et inexpliquées que la famille a décidé de saisir le gouvernement par la voie parlementaire.

Yves de Dieuleveult

ANNEXE IV

Communiqué à la presse d'Yves de Dieuleveult à Paris le 3 décembre 1985.

En réponse aux communiqués diffusés samedi 30 novembre par les ministères de la Défense et des Relations extérieures, la famille de Dieuleveult apporte les précisions suivantes :

1 - Les « conditions d'exécution de l'expédition (vitesse des eaux, rochers en forme de dents de requin dans les gouffres, etc.) » permettent au ministère de la Défense de « tenir » comme quasi certaine la thèse de l'accident.

Pour le ministère des Relations extérieures les « vérifications » effectuées au moment des recherches (largage de fûts, puis de l'un des radeaux) confortent la thèse de l'accident.

La famille de Dieuleveult demande alors comment expliquer que le raft sur lequel se trouvaient Philippe et ses amis Blockman et Angelini, ait été retrouvé *en bon état, après les rapides,* sur la rive gauche.

Lors des tests évoqués, les fûts ont été disloqués, quant

au raft, remonté et remis à l'eau en amont du premier rapide, il subit de telles détériorations que l'expérience ne put être renouvelée.

Quelle conclusion tirer du rapprochement des deux résultats : un bateau en bon état dans la réalité, un bateau très endommagé dans le cas de l'expérience ? Pour la famille il ne faut pas exclure que « le Françoise » soit passé par un autre chemin plus à droite où les eaux du fleuve sont moins en furie.

2 - Le ministre des Relations extérieures affirme : « à la demande de la famille, informée des conclusions (de l'autopsie effectuée à Kinshasa) par le Vice-Consul M. Dupin, le corps a été transporté à l'IML de Paris... »

Ce raccourci habile permet de passer sous silence un fait important : il est vrai que la famille a été informée par télex du 12 septembre des conclusions de l'autopsie zaïroise par le vice-consul de France à Kinshasa, mais seulement après que celui-ci eut formellement affirmé qu'il s'agissait de Philippe de Dieuleveult, identifié comme tel, dans un télex envoyé à Riyad et à Paris le 11 septembre 1985.

3 - Le ministère des Relations extérieures poursuit :

« Les médecins légistes (...) ont exclu que le corps puisse être celui de Philippe de Dieuleveult. A la demande expresse de la famille, constamment informée du développement des recherches, la discrétion la plus complète a été observée sur cette affaire. »

C'est la première fois qu'est annoncé par voie officielle que le corps retrouvé dans le Zaïre le 6 septembre n'est pas Philippe de Dieuleveult. La famille en prend acte. Elle note qu'elle l'apprend par la presse et qu'elle n'en a toujours pas été informée directement.

Elle rappelle que la dernière information officielle dont elle dispose jusque-là sur le sort de Philippe est le télex du 11 septembre qui affirme : « le corps de Philippe a été retrouvé et a pu être identifié ».

Elle avait alors demandé que cette information ne soit pas rendue publique tant qu'une contre-autopsie effectuée en France ne permette d'en apporter des preuves formelles. Mais elle n'a jamais demandé que l'on taise l'identité réelle du cadavre, ni l'état d'évolution des recherches.

4 - Pour le ministère des Relations extérieures, « la thèse de l'accident n'a pu être prouvée. Elle n'en demeure pas moins la plus plausible, rien n'étant venu conforter les autres hypothèses ».

Pour la famille de Dieuleveult, aucune preuve n'ayant été fournie pour accréditer une thèse plus qu'une autre, il n'est pas normal qu'on avantage la thèse de la noyade. Ni la légende du fleuve, ni la voracité des poissons et des sauriens (absents dans les rapides), ne permettent d'expliquer que 6 corps appartenant à l'expédition n'ont pas encore été trouvés. Car on retrouve des corps dans le Zaïre — 4 cadavres au moins ont été retrouvés à la même époque : celui attribué à Guy Colette, le cadavre qui se trouve actuellement à l'Institut Médico-Légal, un troisième corps, attribué à un Noir émasculé et pigmentation détruite, a été retrouvé le 19 août à 2 km du lieu d'échouage du « Françoise » et enfin un 4e avec un casque blanc flottant sur le fleuve.

5 - La famille précise qu'à la suite de la découverte du cadavre dans le Zaïre le 6 septembre, qui lui a été présenté comme étant Philippe, elle a confié la défense de ses intérêts à Maître Tremolet de Villiers, avocat au barreau de Paris.

Elle rappelle qu'elle a saisi le Gouvernement pour qu'il

mette en œuvre les moyens nécessaires à la recherche de Philippe de Dieuleveult, ressortissant français en détresse à l'étranger.

Yves de Dieuleveult

ANNEXE V

Discours du sénateur Louis de Catuelan à la tribune du Sénat, le 17 décembre 1985.

Monsieur le président,
Monsieur le ministre,
Mes chers collègues,

J'avais posé, à la fin du mois de novembre, une question orale avec débat à M. le Premier ministre — elle est d'ailleurs toujours d'actualité — concernant la disparition de Philippe de Dieuleveult et de ses compagnons lors d'une expédition au Zaïre.

Ce raid, certes fort périlleux, avait joui d'un grand retentissement du fait de la personnalité très attachante de Philippe de Dieuleveult et de ses amis. Un magazine en assurait le reportage.

Puis, le 6 août, nous apprenions la disparition de tous les membres ayant persévéré dans leurs intentions. La presse en fit un grand écho et plusieurs hypothèses ont été émises à la suite de reportages et témoignages dont certains, je le dis en passant, étaient troublants.

Des recherches furent entreprises. Nous pourrions en parler, mais tel n'est pas l'objectif que je me suis assigné.

Le silence tomba.

L'expédition était téméraire — impossible, a-t-on avancé — et la thèse de la noyade collective fut adoptée comme seule plausible. Je l'avais d'ailleurs moi-même retenue.

Nous avions eu droit à des détails à ce sujet : le fleuve ne rendait pas ses cadavres. Je vous demande de retenir cette phrase, elle est très importante.

Ensuite, on nous a énoncé un certain nombre de raisons plus ou moins macabres. Officiellement, il y avait donc certitude ou, pour le moins, quasi-certitude : le fleuve ne rend pas ses cadavres !

Monsieur le ministre, voilà la première partie de l'exposé que je comptais présenter, jeudi dernier, à M. le Premier ministre.

Je n'ai pas voulu le faire pour une raison dont vous ne manquerez pas de me donner acte. En effet, jeudi dernier, le Gouvernement français recevait un certain nombre de chefs d'Etat du continent africain. Il eût été inopportun, en tout cas discourtois, qu'un parlementaire puisse — à l'occasion de leur passage — laisser planer un doute sur des agissements éventuels de pays que nous recevions précisément ce jour-là. Ce n'était pas dans mes intentions.

Aussi ai-je dû, pour m'adresser à vous, monsieur le ministre des Relations extérieures, revoir ma question en la posant de manière quelque peu différente, en la formulant comme une interrogation au sujet de nationaux en détresse à l'étranger, car un doute subsiste dans cette malheureuse affaire. Rien n'est clair dès que l'on touche à tel ou tel point précis du dossier. Plus je prends connaissance d'éléments que l'on m'apporte, plus cela me trouble, moi aussi !

J'ai l'intime conviction que l'on ne veut pas tout dire et ce n'est pas acceptable, surtout pour les familles qui restent dans le doute et peuvent tout imaginer.

J'ai tenu à aider la famille Dieuleveult après avoir eu la certitude que les éléments que je détiens sont irréfutables, indéniables et — pourquoi ne pas le dire ? — révoltants.

Je suis en admiration devant la dignité de ses membres, laquelle n'a rien à voir avec une quelconque provocation ou le besoin de se faire remarquer. Ils ont voulu garder le silence pendant longtemps afin de ne pas gêner une éventuelle action du Gouvernement.

Cette famille ne veut qu'une chose : savoir la vérité. C'est tout, mais cela semble beaucoup !

Le doute, comme je l'ai déjà dit, je l'ai moi aussi ressenti. On l'aurait à moins. Voilà déjà un certain temps que je possède des éléments, mais nous avons attendu, dans l'espoir que quelque chose de nouveau viendrait à notre connaissance, à la suite d'une action positive. Tel n'a pas été le cas.

Un cadavre est retrouvé dans le Zaïre. En fait, c'est non pas un mais quatre cadavres qui ont été retrouvés : voilà déjà une contradiction puisque l'on a dit — je l'ai déjà souligné — que le fleuve ne rend pas ses cadavres. Il faudrait s'entendre !

Le premier corps a été accepté comme étant celui de Colette ; ensuite, on en a repêché deux autres, de pigmentation de peau différente, qui n'avaient rien à voir avec des membres de l'équipage — je passe, bien entendu, sur d'horribles détails — puis le quatrième, celui-là même qui est l'objet de mon intervention.

Le premier document que je possède concerne l'autopsie faite sur place, qui concluait — mais elle n'affirmait rien — que le corps examiné « pouvait » être celui de Dieuleveult.

J'ai également en ma possession deux télex adressés en des endroits différents. La lecture d'un seul suffira : « Je vous serais reconnaissant de bien vouloir, d'une part, informer M. Jean de Dieuleveult que le corps de son frère Philippe a été retrouvé dans le fleuve Zaïre et a pu être identifié aujourd'hui » — alors qu'on nous a dit que l'on ne savait pas — « et, d'autre part, lui demander de contacter immédiatement sa famille.

» En tout état de cause, la nouvelle ne sera communiquée à la presse que lorsque M. de Dieuleveult nous en donnera l'autorisation via votre poste, dans les meilleurs délais.

» De plus, ce consulat souhaiterait connaître rapidement le lieu d'inhumation en France afin de pouvoir engager la procédure du rapatriement. »

C'est invraisemblable, tout de même ! Voilà un cadavre pouvant être... et devenant celui de... C'est clair ; un simple texte ne comportant ni doute ni ambiguïté, puis, ce qui l'aggrave encore, la demande faite de prévenir la famille, d'indiquer le lieu de l'inhumation en France !

Le quatrième document comprend l'autopsie faite en France et l'affirmation que le corps « formellement n'était pas celui de Dieuleveult ». Est exclu, en même temps, l'hypothèse que le corps soit celui d'un autre membre de l'équipage pour des raisons morphologiques.

Voilà sur quoi et à partir de quoi est étayée ma question et sur rien d'autre. Je n'ai voulu me fonder que sur ce dont j'étais sûr.

Ainsi, monsieur le ministre, voilà un corps que l'on voulait faire passer comme étant celui de Philippe de Dieuleveult et, à partir de là, le remettre à la famille pour qu'elle procède aux obsèques sans autres formes. C'est indigne, voire monstrueux !

J'ai dit que je n'aborderai pas les autres hypothèses, car ce n'est pas mon rôle. Il m'appartient seulement de souligner que, à partir des faits exacts que je viens de décrire, on peut tout supposer, d'autant que certains sont forts troublants, sinon quasi certains. Alors ?

Si j'en crois certaines personnes qui connaissent bien ce continent, tout y est possible : le bon, mais aussi le très mauvais.

Monsieur le ministre, existe-t-il un espoir de retrouver vivants certains des membres de l'expédition ? Cela paraissait impossible auparavant ; c'est peut-être encore très aléatoire, mais, dans le doute total qui subsiste sur cette affaire, on ne peut *a priori* l'écarter.

Aucune preuve ne venant étayer l'explication par la noyade, quelles mesures allant dans le sens de recherches plus larges le Gouvernement a-t-il prises, puisque nos six compatriotes peuvent être considérés en détresse, dans l'ignorance totale où nous sommes de leur sort ?

Il est nécessaire, dans l'intérêt des familles, de connaître la vérité, quelle qu'elle soit, car voilà quatre mois — bientôt cinq — que le mystère dure. Cela devient trop long !

J'aimerais également, monsieur le ministre, avoir connaissance du rapport d'enquête zaïrois auquel se référait sans doute M. le président du Zaïre lorsqu'il a affirmé qu'il ne manquait aucune cartouche dans les cartouchières des soldats. Il y avait donc bien un rapport !

En procédant ainsi, monsieur le ministre, vous iriez dans le sens souhaité, car la seule chose qui importe à la famille de Dieuleveult, tout ce qu'elle demande, c'est de savoir.

(Applaudissements sur les travées de l'union centriste, du R.P.R., de l'U.R.E.I., ainsi que sur certaines travées de la gauche démocratique.)

ANNEXE VI

Réponse du ministre des Relations extérieures, Roland Dumas, au sénateur Louis de Catuelan. A la tribune du Sénat, le 17 décembre 1985.

M. de Catuelan a évoqué la protection des nationaux en détresse à l'étranger, mais son intervention était en fait centrée sur ce cas bien pénible de la disparition de M. de Dieuleveult. Permettez-moi de revenir très simplement aux faits avant de dire ce qu'il faut penser de ce dossier dans son état actuel.

Après la disparition, le 6 août dernier, de sept membres de l'expédition *Africa Raft*, dont Philippe de Dieuleveult et quatre autres ressortissants français, des recherches intensives ont été conduites, sur terre et sur le fleuve, par les autorités civiles et militaires zaïroises. Permettez-moi de signaler au passage qu'il s'agissait en l'occurrence d'une expédition de très haut risque. Rapidement, les éléments militaires français se sont joints à ces recherches. Ils y ont participé pendant plus d'un mois et je crois me souvenir qu'un membre de la famille y a été associé.

Un mois plus tard, le 6 septembre, un corps était retrouvé près de Matadi et une autopsie était alors effectuée par un médecin légiste zaïrois à Kinshasa, conformément aux procédures habituelles. La conclusion du rapport de cette autopsie indique — et seul ce médecin légiste en a la responsabilité — que le corps correspond aux caractéristiques morphologiques de Philippe de Dieuleveult. Quelle devait être, en l'occurrence, l'attitude de notre consul à Kinshasa, sinon d'informer la famille de cette autopsie, sans avoir à en juger les conclusions ni à se substituer au médecin légiste ? C'est ce qu'il fit comme il en avait le devoir : il informa la famille de ces conclusions et lui fit parvenir le rapport.

C'est alors que la famille de Philippe de Dieuleveult a demandé au Gouvernement français s'il était possible de faire effectuer une seconde autopsie. Pour répondre à cette requête, le Gouvernement a fait transporter le corps à Paris et c'est l'institut médico-légal de Paris, qui avait en sa possession des clichés radiologiques dont le médecin légiste zaïrois ne disposait pas, qui a permis d'établir avec certitude — dans l'état actuel des choses — après cette seconde autopsie, que le corps examiné n'était pas celui de Philippe de Dieuleveult. Il y avait donc là contradiction entre deux hommes de l'art ; ceux qui ont l'habitude de ce genre d'affaire savent bien que cela se produit souvent.

Ce second rapport et ses conclusions ont également été remis à la famille de Philippe de Dieuleveult, cette fois par l'autorité judiciaire compétente, c'est-à-dire le procureur de la République. La totalité des informations recueillies depuis le début des recherches a d'ailleurs été transmise à la famille du disparu et, à la demande de celle-ci, une entière discrétion a été observée jusqu'à ces dernières semaines.

Bien que la thèse du naufrage ayant entraîné la mort des membres de l'expédition reste la plus plausible et la plus vraisemblable, plusieurs hypothèses ont été échafaudées quant au mystère qui entoure ces disparitions. Le Gouvernement français, en liaison constante avec l'administration zaïroise, a étudié et étudie toujours toutes les pistes ; il vérifie toutes les rumeurs, mêmes celles qui ne sont que de très loin vraisemblables.

En ce qui concerne l'éventuelle arrestation de nos compatriotes en Angola, par exemple, notre ambassadeur a interrogé les autorités du Luanda, qui ont démenti formellement les rumeurs circulant à ce sujet. Aucune trace de cette expédition n'a été retrouvée sur la rive angolaise du fleuve, en particulier aucun corps.

Quant au fond, mesdames, messieurs, il n'appartient pas au Gouvernement de conclure définitivement en l'absence d'éléments essentiels. Toutefois, il facilitera — en respectant le souci de la famille, exprimé une nouvelle fois ici, de connaître la vérité — toutes les enquêtes et toutes les vérifications à partir des éléments nouveaux qui pourraient être portés à sa connaissance.

Veuillez m'excusez, monsieur le sénateur, de cette réponse un peu longue, mais il me semble que le sujet en valait la peine.

REPÈRES CHRONOLOGIQUES

Mardi 6 août 1985. — A 8 h 15 très précisément, sept hommes quittent l'île des Hippopotames où ils avaient passé la nuit pour s'élancer sur le fleuve Zaïre, à bord de deux rafts, le « Godlieve » (à bord, André Hérault, Richard Jeannelle, Guy Colette, Nelson Bastos) et le « Françoise » (à bord, Angelo Angelini, Lucien Blockmans, Philippe de Dieuleveult). L'équipage tente le passage des rapides d'Inga et disparaît.

Mercredi 7 août. — Un ingénieur zaïrois, Tunasi Atanga voit, vers les 11 heures, du bout de la piste de l'aéroport d'Inga qui surplombe le fleuve, trois Blancs s'activer au bord du fleuve et décharger des sacs jaunes d'un radeau. L'un de ces hommes portait un pullover noir. L'ingénieur reviendra plus tard sur son témoignage.

Jeudi 8 août. — Le Consulat de France à Kinshasa est prévenu du drame.

Vendredi 9 août. — Les autorités zaïroises, alertées par le Consulat de France à Kinshasa, déclenchent des recherches et envoient la 31e Brigade parachutiste zaïroise assistée de cinq officiers français, sur place. La rive gauche du fleuve est ratissée minutieusement. Deux hélicoptères (un Puma et une Alouette) participent également aux recherches. Le lieutenant-colonel Chapas dirige les opérations.

— La presque totalité des bagages du « Godlieve » est retrouvée dans le village de Kienga, à 5 kilomètres du fleuve.

— On retrouve le raft « Françoise », échoué mais en parfait état, à 1 500 mètres en aval d'où il avait été vu par l'ingénieur zaïrois.

Samedi 10 août. — On retrouve l'épave d'un raft échoué et renversé, complètement disloqué. Il s'agit du « Godlieve ».

17 août. — L'hebdomadaire *Minute* publie un « étrange message » que les services d'écoute de Berlin-Ouest auraient intercepté, message adressé par radio au quartier général des forces armées d'Allemagne de l'Est par le commandement allemand de l'Est de l'Angola. Ce message dit : « Une patrouille de Tigres vient d'interpeller trois agents blancs de Mobutu : deux Français, un Belge. Le matériel radio et photo a été confisqué. Le transport a été détruit. Attendons instruction. » Le message serait daté du 7 août, lendemain du drame. Onze jours après la disparition de Philippe de Dieuleveult, *Minute* est le premier journal à mettre en doute l'hypothèse de la noyade.

19 août. — Le corps d'un des membres de l'expédition, celui du Belge Guy Colette, est retrouvé à 350 km de l'île des Hippopotames, dans les marécages, près de Boma, à la hauteur de l'ancien fort de Sinkakasa. Le corps sera identifié grâce à une chaînette en or qui entourait le cou du noyé.

22 août. — Le Gouvernement français envoie à Kinshasa, de Bouar (Centreafrique), 37 hommes et des moyens « importants » pour rechercher les membres de l'expédition française. La délégation est placée sous le commandement du lieutenant-colonel Jean. Trois officiers — deux Français et un Zaïrois — et un sous-officier de la 31e Brigade parachutiste des forces armées zaïroises (FAZ) assistent les militaires français.

30 août. — L'hebdomadaire *Paris-Match* publie une série de photographies prises par François Laurenceau et Jean-Louis Amblard restés sur l'île des Hippopotames. Ces documents montrent le « Godlieve » emporté par les vagues et les tourbillons. Dans le même numéro, Gérard d'Aboville, le vainqueur de la traversée en solitaire de l'Atlantique à la rame, qui avait supervisé la construction des deux catarafts de l'expédition *Africa Raft* fait part de son témoignage. Fallait-il tenter le passage des rapides d'Inga ? D'Abboville répond : « Moi aussi, avec eux, j'aurais tenté le coup. »

6 septembre. — Un second corps (sans tête, ni mains) est retrouvé dans le fleuve Zaïre, près de Matadi. Le corps d'un « homme de race blanche » précise-t-on au Consulat de France à Kinshasa, a été retrouvé par un pêcheur à l'embouchure de la rivière Mpo Zo qui se jette dans le fleuve Zaïre. Le corps, qui mesure 1 m 75, est dans un état de décomposition très avancé. Toutefois, les médecins légistes zaïrois l'identifieront comme étant celui de Philippe de Dieuleveult.

7 septembre. — Date d'arrivée du supposé télex au ministère français de la Défense (voir sous 30 novembre).

10 septembre. — Un médecin légiste zaïrois de l'hôpital Mama Yemo, de Kinshasa, livre le résultat de ses investigations sur le corps retrouvé le 9 septembre dans le fleuve Zaïre. Le rapport d'autopsie conclut que « le corps qui nous a été présenté correspond aux caractéristiques morphologiques de Philippe de Dieuleveult ».

21 septembre. — Fin des recherches des troupes françaises dépêchées à Inga.

26 septembre. — Les docteurs Deponge et Martin procèdent à une contre-autopsie du corps retrouvé le 9 septembre dans le fleuve Zaïre, à l'Institut médico-légal de Paris.

18 octobre. — Les docteurs Deponge et Martin rendent les conclusions de l'autopsie du cadavre que les Zaïrois présentaient comme étant celui de Philippe de Dieuleveult. Pour eux, il est désormais « possible d'exclure formellement que le corps qui nous a été présenté soit celui de Philippe de Dieuleveult. »

24 octobre. — Le procureur de la République du Tribunal de grande instance de Paris communique le rapport d'autopsie des médecins français sur le second cadavre retrouvé dans le fleuve Zaïre, au ministère des Relations extérieures de Roland Dumas. Le procureur lui écrit : « J'ai l'honneur de vous faire connaître que l'autopsie réalisée par les docteurs Deponge et Martin a permis de conclure qu'il ne s'agissait pas du corps de M. Philippe de Dieuleveult. »

16 novembre. — L'hebdomadaire d'opposition, *Minute*, publie, sous la plume de Serge de Beketch, un nouvel article laissant supposer que Philippe de Dieuleveult serait vivant. Il aurait été capturé par un groupe de « mercenaires » de l'armée angolaise.

28 novembre. — Le ministère des Relations extérieures indique dans un communiqué que « toutes les informations en sa possession ont été transmises » aux familles des disparus.

28 novembre. — Sous la Coupole du Sénat, à Paris, le sénateur Louis de Catuelan pose une question orale au premier ministre, Laurent Fabius, lui demandant « si les différents éléments de cette affaire peuvent, à son sens, laisser planer un doute sur le sort de Philippe de Dieuleveult et de ses amis ».

29 novembre. — Yves de Dieuleveult, le frère de Philippe, décide, au nom de sa famille, « de saisir le Gouvernement par la voie parlementaire ».

— Le chef de cabinet de François Mitterrand, Jean Glavany, confirme avoir reçu Diane de Dieuleveult, l'épouse de Philippe, au Palais de l'Elysée.

— Thierry Sadoun, l'un des organisateurs de l'expédition *Africa Raft*, confie au *Parisien libéré* que selon lui, « il y a un énorme mystère autour de la disparition de Philippe de Dieuleveult et de ses six compagnons ». Sadoun met en doute les recherches de la 31e Brigade, sur place, au Zaïre, et l'autopsie du corps de Guy Colette, affirmant : « Personne en fait n'a vu son corps. Son cercueil n'a pas pu être ouvert. L'autopsie au Zaïre a été approximative. Sa famille, contrairement à ce qui a été dit, n'a pas pu l'identifier. Elle a reçu simplement sa chaîne en or. Son corps était-il criblé de balles ?... Nous voulons la vérité ! »

30 novembre. — Le *Parisien libéré* publie le témoignage d'un ancien fonctionnaire du ministère de la Défense qui affirme avoir été à la réception d'un message de la plus haute importance au Centre des transmissions du ministère de la Défense, faisant état de tortures et de mutilations qu'auraient subies Philippe de Dieuleveult. Les tortures auraient été infligées par des soldats des troupes angolaises. Le message aurait été ainsi libellé : « Avons retrouvé un corps sans tête et sans bras... Traces de tortures et de mutilations volontaires évidentes... Avons de bonnes raisons de penser qu'il s'agit de Philippe de Dieuleveult. »

— La réaction du ministère de la Défense ne se fait pas attendre. Le jour même, à 13 h, il dément : « Contrairement aux allégations publiées dans un journal du matin, dit le communiqué, aucun message faisant état de tortures qu'aurait subies Philippe de Dieuleveult par des soldats angolais n'a été reçu au ministère de la Défense le 7 septembre, non plus qu'à une autre date. »

2 décembre. — Sur les ondes de *France-Inter*, Yves de Dieuleveult, le frère de Philippe s'interroge : « Pourquoi nous avoir menti ? On nous a présenté comme étant le corps de Philippe un corps sans tête, sans mains, sans sexe. Notre exigence est maintenant de savoir la vérité ! »

9 décembre. — Une dépêche de l'agence Azap indique que les épouses de Philippe de Dieuleveult et de Richard Jeannelle ont été reçues ce jour à Paris par le président zaïrois Mobutu Sese Seko, qui assiste au sommet franco-africain. L'Azap rappelle que les « circonstances » de la mort présumée des membres de l'expédition *Africa Raft* ont été « élucidées » par une « enquête sérieuse » menée par les autorités zaïroises et françaises, lesquelles ont retenu « avec certitude » la thèse de la noyade.

13 décembre. — L'hebdomadaire *Paris Match* publie « le témoignage capital », celui de Jean-Louis Amblard, second rescapé (avec François Laurenceau) et principal témoin du drame. Amblard affirme : « S'il y a eu bavure comme j'en suis convaincu, c'est l'armée zaïroise. » Dans le même numéro, Jean Durieux adresse une « Lettre ouverte au président Mobutu » en lui demandant de ne plus garder le silence et dire enfin la vérité.

14 décembre. — Le président Mobutu Sese Seko est l'invité du « Journal inattendu » de RTL présenté par Olivier

Mazerolle et Jean-Benoît Vion. Il est bien entendu question de l'affaire Dieuleveult, mais le chef du Zaïre se défend devant toutes les attaques. A la question de savoir s'il est possible, dans le cas de la bavure de l'armée zaïroise, que ses hommes lui aient caché la vérité, Mobutu répond : « Cette hypothèse, à mon humble avis, il faut l'écarter définitivement. »

— Une dépêche de l'agence Reuter indique que « les épouses de Philippe de Dieuleveult et Richard Jeannelle se rendront en janvier, à leur demande, dans la zone des rapides d'Inga ».

20 décembre. — Le président Mobutu Sese Seko répond à *Paris Match* après les accusations dont il a été l'objet. Recevant Jean Durieux, le président zaïrois tient à se défendre : « Mes soldats n'ont pas tiré une seule cartouche », dit-il. Ajoutant, « Dieu n'a pas voulu que les radeaux franchissent les rapides... Voilà... C'est tout ! »

7 au 11 janvier 1986. — Me Jean Lafon, avocat de Mmes Diane de Dieuleveult et Chantal Jeannelle, entreprend en compagnie de ses clientes un voyage au Zaïre, sur l'invitation du président Mobutu. A l'aide de l'hélicoptère personnel du chef de l'Etat, ils survolent le fleuve Zaïre et la région d'Inga à deux reprises, interrogent les témoins, et sont reçus par deux fois par le président Mobutu. Mme Bastos, épouse de Nelson Bastos, un autre disparu de l'expédition, installée à Kinshasa, profite du séjour de Me Lafon au Zaïre pour lui confier également ses intérêts.

De retour, Me Lafon dira de la thèse de la bavure militaire zaïroise qu'il s'agit là d'une piste « qu'il convient désormais vraisemblablement d'éliminer ».

24 janvier. — L'hebdomadaire *Paris Match* publie un

reportage exclusif sur le séjour de Diane de Dieuleveult au Zaïre. Sous la plume de Michel Peyrard, envoyé spécial, il est suggéré que la Libye n'est peut-être pas étrangère à la disparition d'*Africa Raft* : « un possible coup de main libyen, suite au discours férocement antizaïrois, tenu quelques jours plus tôt au Burundi, par le colonel » ne serait peut-être pas à exclure.

6 février. — Une dépêche de l'agence Associated Press annonce qu'une équipe de onze personnes tentera, au mois d'août, la descente du fleuve Zaïre en canot pneumatique. Cette nouvelle expédition, *Zaïre 86*, comprendra neuf Français, un Américain et un Brésilien. L'expédition est dirigée par Renaud Lavergne, lequel déclare ignorer les causes exactes de la disparition de Philippe de Dieuleveult, mais elles sont dues, dit-il, à une cause « extérieure au fleuve », accréditant ainsi la thèse selon laquelle les membres d'*Africa Raft* auraient peut-être été victimes d'une « bavure » des soldats zaïrois. A signaler encore que l'expédition tentera le passage des rapides d'Inga, ce qui permettra de savoir si, comme on le prétend, ils sont réellement inviolables.

TABLE DES MATIÈRES

CHEZ FAVRE ÉDITEUR, QUELQUES TITRES EXTRAITS DU CATALOGUE :

COLLECTION « EN QUESTION »

— QUE PENSER DES APPARITIONS DE LA VIERGE, de M. Hallet (270 pages)
— AU CŒUR DU RACISME, de J.-P. Friedman (258 pages)
— LES TRAFIQUANTS DE BÉBÉS À NAITRE, de J. Delaye et C. Jacquinot (160 pages)
— L'ESPRIT DES MŒURS, du Dr Q. Debray (190 pages)
— L'EFFET DES CHANGEMENTS TECHNOLOGIQUES, de René Berger (236 pages)
— DEMAIN LA DÉCROISSANCE, de Nicholas Georgescu-Roegen (160 pages)
— LA SEXUALITÉ INFANTILE, du professeur P. Debray-Ritzen (134 pages)
— ON PEUT QUITTER LA DROGUE, de Pierre Rey (132 pages)
— L'ENJEU NUCLÉAIRE, de Jean Rossel (126 pages)
— L'AUBE SOLAIRE, de Jean-Claude Courvoisier (144 pages)
— LA RELÈVE ÉNERGÉTIQUE, de J.-C. Rochat et Jean Rossel (204 pages)
— L'ARGENT SECRET ET LES BANQUES SUISSES, de Jean-Marie Laya (128 pages)
— VOTRE CHIEN EST INTELLIGENT, de Frédérique Langenheim (128 pages)
— CHÈRE MÉDECINE, du Dr P. Rentchnick et G. Kocher (200 pages)
— LE CONSOMMATEUR AVERTI, de Jacques Neirynck (176 pages)

COLLECTION « TOUS LES CHEMINS DE LA MÉDECINE »

— TOUT SAVOIR SUR LA COCAÏNE, du Dr P. Stein (104 pages)
— TOUT SAVOIR SUR L'HOMÉOPATHIE, du Dr Maillé (200 pages)
— TOUT SAVOIR SUR CANCER ET SEXUALITÉ, du Dr R. Cachelou (env. 168 pages)
— TOUT SAVOIR SUR SON CERVEAU, du Dr Van Reynynghe de Voxvrie (env. 260 pages)
— TOUT SAVOIR SUR LA VOIX, du Dr Mary-Louise Dutoit (240 pages)
— VIVRE SANS ASTHME, Drs Wasmer et M. Reinhardt (224 pages)
— CE QU'ON VOUS CACHE SUR LE CANCER, du Dr Philippe Lagarde (364 pages)
— LE CANCER : TOUT CE QU'IL FAUT SAVOIR, du Dr Philippe Lagarde (488 pages)
— CHÉRI... TU RONFLES, du Dr J.-M. Pieyre (150 pages)
— VOS VÊTEMENTS ET VOTRE SANTÉ, du Dr G. Schlogel (240 pages)
— LE TEMPS D'AIMER OU POURQUOI 52 % DES HOMMES SONT-ILS DES ÉJACULATEURS PRÉCOCES, de P. Solignac (144 pages)
— TOUT SAVOIR SUR LES MALADIES SEXUELLEMENT TRANSMISSIBLES, du Dr H. Saada (304 pages)
— ACUPUNCTURE ET ALIMENTATION, du Dr Guido Fisch (120 pages)
— APPRENEZ L'ACCOUCHEMENT ACCROUPI, du Dr Moyses Paciornik (176 pages)
— LA CHIROPRACTIE, CLEF DE VOTRE SANTÉ, du Dr P. Huggler (84 pages)
— COMMENT SE SENTIR BIEN DANS SA PEAU, du Dr J.-J. Jaton (96 pages)
— MAÎTRISEZ VOTRE SANTÉ, du Dr Charles Terreaux (216 pages)
— LA DOULEUR EST INUTILE, du Dr Pierre Soum (232 pages)
— L'INFLUENCE DES ASTRES SUR VOTRE SANTÉ, du Dr C. Michelot (216 pages)
— MON APPROCHE DU CANCER, du Dr S. Neukomm (240 pages)

COLLECTION « VOIES ET CHEMINS »

— L'ÉNIGME DIEULEVEULT, d'A. Bédat (env. 160 pages)
— LA NOSTALGIE DE LA FOLIE, de B. Bierens de Haan (env. 120 pages)
— LES VOYAGES EXTRAORDINAIRES DE LOUIS MOREAU GOTTSCHALK, de S. Berthier (544 pages)
— MOURIR POUR LA PALESTINE, de F. Kesteman (240 pages)
— LA 4e CLASSE, de R. Kesselring (348 pages)
— ROMY SCHNEIDER, PRINCESSE DE L'ÉCRAN, de F. Arnould et F. Gerber (288 pages)
— LE DALI D'AMANDA, d'Amanda Lear (328 pages)
— 250 MILLIONS DE SCOUTS, de Laszlo Nagy (288 pages)
— EXORCISME, UN PRÊTRE PARLE, de l'abbé Schindelholz (164 pages)
— SORAYA, de Henri de Stadelhofen (304 pages)
— LA BANDE A JÉSUS, de Marcel Haedrich (216 pages)
— DIEU A DÉMÉNAGÉ, de M. Haedrich (152 pages)
— LA MARCHE AUX ENFANTS, d'Edmond Kaiser (616 pages)
— LA MÉMOIRE DU CHÊNE, du Dr Oscar Forel (204 pages)
— CES BÊTES QU'ON TORTURE INUTILEMENT, de Hans Ruesch (376 pages)
— LES SECRETS D'UN GUÉRISSEUR, de A. Besson (240 pages)
— TERRE ET VIOLENCE OU L'ITINÉRAIRE DE MAURICE ZERMATTEN, de Micha Grin (220 pages)
— LES ROUTIERS DU CIEL, de J.-C. Rudaz (168 pages)
— MÈRE MYRIAM, PETITE SŒUR JUIVE DE L'IMMACULÉE, de Mère Myriam (216 pages)
— A LA CONQUÊTE DE LA CHANCE, de Cyril Chessex (192 pages)

COLLECTION « DOCUMENTUM »

— JACQUES BERGIER, LE DERNIER DES MAGICIENS, de Jean Dumur (96 pages)
— LE CRIME NAZI DE PAYERNE, de Jacques Pilet (200 pages)
— MAMAN-RÉVOLUTION, d'Alex Décotte (152 pages)
— DE L'ESPRIT DE CONQUÊTE, de Benjamin Constant (96 pages)
— MÉDIA ET SOCIÉTÉ, de Stelio Molo (144 pages)
— DICTIONNAIRE CRITIQUE DE PSYCHIATRIE, de B. Bierens de Haan (304 pages)
— INGÉNIEUR MÉTIER DE FEMME, de M.-A. Roy (100 pages)

COLLECTION « S » COMME SPORT

— CAISSES A SAVON, de M. Grin (180 pages)
— CHECK-LISTS DU PLAISANCIER, de G. Maisonneuve (208 pages)
— SPORT EN SÉCURITÉ, de H. Potter (128 pages)

— JOGGING = SANTÉ, de H. Schild (160 pages)
— ROLLER SKATE, d'Alain-Yves Beaujour (148 pages)
— TRIAL ET MOTOCROSS, de Bernard Jonzier (132 pages)
— ARC ET ARBALÈTE, de Pierre Dubay (208 pages)
— SKIACRO, LE SKI LIBRE, de M. Luini et A. Brunner (112 pages, épuisé, sera réédité)
— DELTA, de Jean-Bernard Desfayes (160 pages, épuisé)
— TOUT SUR LE BREAKDANCE ET LA HIP-HOP CULTURE (144 pages)

COLLECTION « LES PLANCHES »
— RENAUD, de Régis Lefèvre (224 pages)
— GRAFFITIS, de P. Ferla (148 pages)
— MUMMENSCHANZ, de M. Bührer (128 pages)
— VOYAGE DANS LE THEÂTRE, de J.-P. Althaus (248 pages)
— CONVERSATION AVEC MARCEL MARÉCHAL, de Patrick Ferla (280 pages)
— LES CHANSONS DE GILLES, PAROLES ET MUSIQUE, de Jean Villard-Gilles (376 pages)
— MICHEL BÜHLER, CONTES ET CHANSONS (96 pages)
— DIMITRI CLOWN, de Patrick Ferla (112 pages)
— I LOVA YOU, de Lova Golovtchiner (220 pages)
— JOURNAL D'UN CIRQUE, de Jean-Robert Probst (112 pages)
— BERNARD MONTANGERO, CONTES ET CHANSONS (120 pages)
— AMICALEMENT VÔTRE, de J.-V. Gilles (192 pages, épuisé)
— ELVIS, MON AMI, de J. Delessert (472 pages)
— MA TÊTE, de Janry Varnel (80 pages)

COLLECTION « LITTÉRATURE »
— LA MÈRE PORTEUSE, de Guy des Cars (296 pages)
— LE VOYAGE D'ÉMILIE, de Lise Wyon (200 pages)
— CANNIBALE, de Bolya (env. 160 pages)
— PASSAGE de M.-A. Murail (234 pages)
— LA FEMME DÉSERTE, de B. Richard (142 pages)
— LA LIGNE DU CŒUR, de S. Creuz (328 pages)
LA PETITE JUIVE AUX JEANS SERRÉS, de Myriam Jeanjacquet (156 pages)
— SWISSCHOC, de Jean Dumur (184 pages)
— LES VOISINS DE LA COMÈTE, de T. Barboni (168 pages)
— LA TENTATION DE L'ORIENT, de M. Chappaz et J.-M. Lovay (176 pages)
— LA VOIE INDIENNE, de R. Moret (168 pages)
— LA TRAHISON, de H. Seray
— HÔTEL VÉNUS, de A. Cunéo (92 pages)
— UN AUTRE REGARD, de Micheline Leroyer (160 pages)
— PRISCILLA DE CORINTHE, de Flora Cès (272 pages)
— L'EMPIRE HELVÉTIQUE, de Henri de Stadelhofen (336 pages)
— QUELQUE PART UNE FEMME, de B. Richard, (216 pages)
— LA LIGNE BLEUE DES MÔMES, de Gérard Klein (168 pages)
— IL N'Y A PAS DE FEMMES SOUMISES, de Micheline Leroyer (168 pages)
— LA RUE BÉTELGEUSE, de Flora Cès (144 pages)
— L'ÉTERNELLE AMOUREUSE, d'Anca Visdei (404 pages)
— LE CRI DU SILENCE, de Jean-Charles Gunzinger (180 pages)
— LE PROFESSEUR, de Jeanlouis Cornuz (236 pages)
— LES PÂLES COULEURS, de Michael Gingrich (184 pages)
— LES JUGES FOUS, de Gilbert Baechtold (84 pages)
— L'OMBRE DES SOUVENIRS, de Jacques Bofford (180 pages)
— LA FOLIE DES GRANDEURS, de Jean-Pierre Ollivier (192 pages)
— LA TAMPONNE, de Jean Charles (90 pages)
— QUAND LES SERPENTS NAVIGUENT, de Gilbert Baechtold (128 pages)

COLLECTION « BIOGRAPHIES »
— CORNEILLE OU LE SHAKESPEARE FRANÇAIS, de R. Guerdan (296 pages)
— VERDI SOUS LE REGARD DE L'AMOUR, de Magda Martini (190 pages)
— HUGO, L'HOMME DES MISÉRABLES, de Jeanlouis Cornuz (460 pages)
— PASTEUR, de M. Vallery-Radot (346 pages)

COLLECTION « DES CAUSES ET DES HOMMES »
— BONSOIR, FAITES DE DOUX RÊVES, de Michèle Maillet (244 pages)
— LES BAHÁ'ÍS, OU VICTOIRE SUR LA VIOLENCE, de Christine Hakim (216 pages)
— MA VIE DE KURDE, de N. Zaza (288 pages)
— HOMMES ET FEMMES, LE PARTAGE, de Gabrielle Nanchen (196 pages)
— ROLAND BÉGUELIN, de Claude Froidevaux (144 pages)
— LA PAIX PAR LES FEMMES, de Richard Deutsch (264 pages)
— JIMMY CARTER, de Louis Wiznitzer (192 pages)
— LE COLONISATEUR COLONISÉ, de L. San Marco (232 pages)
— DE GAULLE : VOUS AVEZ DIT BELGIQUE, de C. de Groulart (144 pages)

COLLECTION « L'ENSEIGNEMENT AUJOURD'HUI »
— VOYAGE DANS LE MONDE DES SOURDS, de M. Demai et J. Lelu-Laniepce (216 pages)
— IL N'Y A PAS DE MAUVAIS ÉLÈVES, de Jürg Jegge (176 pages)
— LE THÉÂTRE POUR ENFANTS, de Claude Vallon (192 pages)
— LA TÊTE PLEINE D'ÉLÈVES, d'un groupe d'enseignants (128 pages)
— LES ATELIERS DE CINÉMA D'ANIMATION, FILM ET VIDÉO, de Robi Engler (384 pages)
— LEXIQUE SUISSE ROMAND-FRANÇAIS, de C. Hadacek (144 pages)
— LE TOUCHER, de A. Serrero et C. Calmy-Guyot (124 pages)

COLLECTION « CENTRE-EUROPE TIERS MONDE »
— PROMESSES DE LIBÉRATION, de P. Jubin (140 pages)
— LA CIVILISATION DU SUCRE, de A. Imfled (216 pages)
— LE RÉVEIL INDIEN, de Alain Labrousse (224 pages)
— TOURISME ET TIERS MONDE, de P. Rossel (180 pages)
— HAÏTI, BRISER LES CHAÎNES, collectif (192 pages)

— L'EMPIRE NESTLÉ, de Pierre Harrisson (496 pages)
— LA BOLIVIE SOUS LE COUPERET, de Théo Buss (376 pages)
— QUEL AVENIR POUR LE SAHEL ? de P.-C. Damiba et P. Schrumpf (224 pages)
— L'EXPORTATION DU SWISS MADE, de H. Stetter (128 pages)
— LE VIEIL HOMME ET LA FORÊT, de Lorette Coen (128 pages)
— LES MÉDICAMENTS ET LE TIERS MONDE, d'Andras November (216 pages)
— L'ÉGLISE ET LES PAUVRES, de Julio de Santa Ana (276 pages)
— UN CONTINENT TORTURÉ, collectif (216 pages)

COLLECTION « PHALANSTÈRE » ET « LA FLEUR AU FUSIL »
— PETITE ENCYCLOPÉDIE DU RIRE, de M. Picard (232 pages)
— LA CIVILISATION DU SUCRE, de A. imfeld (216 pages)
— PETITE ENCYCLOPÉDIE DU BAISER, de J.-P. Tournier et A. Mourier (186 pages)
— LE SAC À FOUILLES, de Ricet Barrier (96 pages)
— PORTRAITS DE SAUTE-MOUTON, de Janry Varnel (100 pages)
— MOI J'AIME LES P., de Jack Rollan (32 pages)

COLLECTIONS « EN SUISSE »
— MUSIQUE DE ROMANDIE, de C.-H. Bovet et D. Curchod (216 pages)
— LA ROMANDIE CHANTE, de M. Grin et D. Curchod (168 pages)
— LA ROMANDIE DOMINÉE, de Grimm-Gobat et A. Charpilloz (128 pages)
— HISTOIRE ET ACTUALITÉ DES CHERCHEURS D'OR EN SUISSE, de Pascal-Arthur Gonet (104 pages)
— ARMES INDIVIDUELLES SUISSES, de Clément Bosson (210 pages)
— FAITES DILIGENCE, de J. Charles, C. Froidevaux, F. Musy (104 pages)
— ROGER NORDMANN, OU LES CHAÎNES DU BONHEUR, de Patrick Nordmann (152 pages)
— LE COLONEL FASCISTE SUISSE, ARTHUR FONJALLAZ, de C. Cantini (224 pages)

COLLECTION « L'ÂGE D'OR DES LOISIRS »
— MONSIEUR JARDINIER, de J.-C. Gigon (314 pages)
— LA CHASSE AUX TRÉSORS, d'Emmanuel Haymann (160 pages)
— À LA DÉCOUVERTE DE L'OR EN FRANCE, de Xavier Schmitt (136 pages)
— LES RECETTES DE VOS VEDETTES, de Jacques Bofford (160 pages)
— DÉCOUVREZ ET MAÎTRISEZ LE SCRABBLE, de Didier Clerc (320 pages)

COLLECTION « LES CAILLOUX BLANCS »
— GUILLAUME TELL, de Pascale Allamand et Henri Dès (36 pages)
— LA PLANÈTE DES GOSSES, de G. Bruchez, D. Curchod, M. Dami, B. Pichon (52 pages)

COLLECTION « ALBUM »
— MEN, de Joseph Caprio (80 pages)
— IMPRESSIONS IN BLACK, de P.-M. Delessert (92 pages)
— LE SKIEUR DE L'IMPOSSIBLE, de Sylvain Saudan (130 pages)
— A CORPS PERDU, de Jean-Pierre Pastori (114 pages)
— PORTRAITS D'ARTISTES, de Ch. Coigny (80 pages)
— LES MEILLEURES PHOTOS DE CHRISTIAN COIGNY (100 pages)
— OHMMES, de Christian Coigny (80 pages)
— PATRICK DUPOND, OU LA FUREUR DE DANSER, de Jean-Pierre Pastori (104 pages)
— TANGO, de Pablo Reinoso (88 pages)
— HISTOIRE DES HOMMES VOLANTS, de Jacques Thyraud (200 pages)

COLLECTION « REGARDS SOCIOLOGIQUES »
— CULTES DU CORPS, Eliane Perrin (200 pages)
— L'AVENIR INSTANTANÉ, MOUVEMENT DES JEUNES À ZURICH, de A. Willener (212 pages)
— MARIAGES AU QUOTIDIEN, de Kellerhals, Perrin, Steinauer-Cresson, Vonèche, Wirth (300 pages)
— LA LOGIQUE DU CONFLIT, de C. Mironesco (192 pages)
— TEMPS LIBRE, de Lalive d'Epinay, Bassand, Christe, Gros (264 pages)
— L'ÉCHEC SCOLAIRE, de Deschamps, Lorenzi, Meyer (272 pages)

COLLECTION « GRANDE ET PETITE HISTOIRE »
— KGB, OBJECTIF PRETORIA de R. Kauffer et R. Faligot (env. 200 pages)
— LE SYSTÈME SAOUD, de Claude Feuillet (214 pages)
— HISTOIRES MYSTÉRIEUSES DES TRÉSORS DE FRANCE, de E. Haymann (200 pages)
— MARIE DURAND OU LES CAPTIVES D'AIGUES-MORTES, d'Anne Danclos (160 pages)
— LE CAMP DU BOUT DU MONDE, de E. Haymann (292 pages)

COLLECTION « GRANDS ENTRETIENS »
— TROIS FRÈRES D'ISRAËL, de S. Cohen (env. 200 pages)
— AFRIQUE, LES CHEFS PARLENT, Radio France Internationale (252 pages)
— KADHAFI, de M. Kravetz, M. Whitaker, H. Barrada (242 pages)
— MEÏR KAHAN, LE RABBIN QUI FAIT PEUR AUX JUIFS, de R. Mergui et Ph. Simonnot (186 pages)

Distribution aux libraires en France : Inter-Forum - 75013 Paris

Demandez notre catalogue.

Pierre-Marcel Favre, éditeur
Siège social : 29, rue de Bourg, CH-1002 Lausanne, Suisse
Téléphone (de Paris 19 41 21 22.17.17)
Paris : 2, rue du Sabot, F-75006 Paris. Tél. 45.48.68.85.

Cet ouvrage a été réalisé
sur les presses des Imprimeries Delmas,
à Artigues-près-Bordeaux
33370 Tresses,
pour le compte des Editions Favre,
le 4 avril 1986.

Imprimé en France.
Dépôt légal : avril 1986.
N° d'impression : 33909.